捌き屋　伸るか反るか

浜田文人

幻冬舎文庫

捌き屋　伸るか反るか

【主な登場人物】

鶴谷　康　（53）　捌き屋

木村　直人　（60）　優信調査事務所　所長
江坂　孝介　（48）　優信調査事務所　調査員
藤沢　菜衣　（43）　クラブ菜花　経営者
茶野　光史　（69）　南港建機　社長
長尾　裕太　（47）　私立探偵
和田　信　（62）　二代目花房組　若頭
坂本　隼人　（30）　二代目花房組　若衆
白岩　光義　（53）　二代目花房組　組長

白い部屋にはやわらかな陽光がひろがっていた。

点滴の液体がゆっくりと滴り落ちる。音が聞こえてきそうだ。

「どうや」

ひと声かけ、鶴谷康《つるたにこう》は窓辺に立った。

眼下に皇居の濠がある。土手のむこう、日本武道館の八角形の屋根が見える。屋根のてっぺんの擬宝珠《ぎぼし》はくすんでいた。

「手術はうまくいったようです」

声がして、室内に視線を戻した。

木村直人《きむらなおと》が目元を弛めた。くの字に曲げたベッドにもたれている。

血色が悪く見えるのは術後一日も経っていないせいか。

ひと月前、肛門から出血したという。かかりつけの病院に行き、内視鏡検査を受けるよう勧められた。本人は痔になったと思ったらしい。検査の結果、大腸に四つのポリープが見つかり、そのうちのひとつから出血しているのが判明した。

木村が言葉をたした。

「経過が順調なら三泊四日で退院できそうです」

「むりするな。ええ機会や。一週間でもひと月でも、のんびりしろ。おまえがおらんでも、仕事には差し障りがないやろ」

木村は警視庁公安部に在籍していた。三十代前半で退職、優信《ゆうしん》調査事務所を設立した。三十数名の社員も大半は警視庁出身だが、金融、経済、IT分野などのエキスパートもいて、顧客である企業からの信頼も厚いと聞いている。

「それはそうなのですが、退屈とは無縁でして……けさめざめたときは、ついスーツに着替えそうになりました」

「病理検査の結果はでたのか」

「まだです。しかし、大丈夫でしょう。出血していた三センチのほうは悪性腫瘍の疑いがあると言われていたのですが、腸壁に浸潤《しんじゅん》していなかったので悪性でも転移の心配はないだろうとのことでした。ただ、傷口から出血した場合に備えて、あさってまではお粥も食べられないそうです」

　鶴谷は頷いた。

　腸内にものがあれば、治療の施しようがない。出血がひどい場合は、傷口の上部を塞ぎ、一時的に人工肛門をつけることもあるという。

「検査の結果がよければ、鰻を食いに行こう。この時期の天然鰻は美味い」

「銀座のひら井ですね。たのしみです」木村が顔をほころばせた。「ところで、仕事の依頼はこないのですか」

　ことしの六月に横浜でカジノをふくむＩＲ事業に絡むトラブルを捌いた。以来、仕事はしていない。品川駅周辺の再開発事業を手がけるデベロッパーからトラブル処理を打診されたが、依頼を請ける要件を満たしていなかったのでことわった。よくあることだ。裏稼業の汚れ仕事でも、筋目や道理はある。依頼主に筋が通っていれば、やっかいな事案であっても依頼を請ける。万策尽き、藁にもすがる思いで頼ってきた依頼主に背をむけることはない。

「経営が苦しいのか」

「鶴谷さんのおかげで資金には余裕があります。が、どうも、この辺が」木村が右手で胸をさすった。「飢えていまして……刺激をほしがっているようです」

「あほか。とにかく、いまは医師の言うことを聞いて、養生しろ。身体が資本や。仕事の依頼を請けても、体調が万全になるまでおまえは使わん」

木村の目が光った。

「あるのですか」

「ん」

「いま、依頼を請けてもと言われました」

鶴谷は肩をすぼめた。

木村は勘が鋭い。隙を見せれば、胸の内を読まれる。

「ここに来る前、杉江《すぎえ》と会った」

杉江恭一《きょういち》は大手不動産業、東和《とうわ》地所の専務取締役である。四年前、ある人物の紹介で会い、築地市場跡地の再開発にまつわるトラブルの処理を依頼された。仕事を完遂したあとも縁が続いている。誰であれ、依頼主とは距離を置き、私的なつき合いをしないのが常だから、杉江との仲は極めて異例である。

きょうの昼、丸の内にある『パレスホテル東京』で食事をした。

——鶴谷さんは、関西の案件でも仕事をされるのですか——

――こっちは下請けの身や。場所と時間に条件はつけん――

――では、会っていただきたい方がいます――

――関西の企業か――

――大京電鉄の石崎専務です。この数年、大京電鉄は従来のレジャー事業をエンターテインメント事業に発展させていまして、関東では弊社が……――

鶴谷は左手でさえぎった。

――よけいな話や――

――そうでした。すみません――

悪びれるふうもなく言い、杉江が目を細めた。

きな臭い話をしていても、杉江の顔からは会話をたのしむような余裕を感じる。

――大京電鉄がトラブルをかかえているのか――

――そのようです。詳細は知りません。わたしが訊かなかったこともありますが

……大阪の夢洲《ゆめしま》はご存知ですか――

――いま日本で一番ホットな人工島やな――

二〇二五年日本国際博覧会は夢洲で開催される。大阪府と大阪市がもくろむカジノをふくむIR誘致の舞台でもある。

――大京電鉄は、基幹路線の延伸計画を発表し、工事に着手しています。万博開催には間に合わなくても、将来的に夢洲まで延伸する予定だそうです――

――大阪がＩＲ誘致に失敗してもやるのか――

――鶴谷さんは、しくじると思っているのですか――

杉江が目で笑った。

鶴谷が横浜市のＩＲ誘致に絡むトラブルを捌いたことを知っているのだ。その案件に杉江は関わらなかったし、鶴谷は話題にしなかった。が、杉江の人脈は多方面に亘っており、情報収集能力にも長《た》けている。

国は本年度中に基本方針を策定し、来年の通常国会でＩＲ事業主の認定を行なう予定だが、横浜市と大阪市はすでに当選確実だといわれている。が、どのような裏取引が行なわれていようとも、国の認定を受けたわけではない。

――一寸先は闇よ――

――そうですね。でも、鶴谷さんなら既成事実でもひっくり返せる――

杉江が真顔で言った。

聞き流し、話を前に進める。

――大京電鉄がかかえているトラブルの根っこは夢洲か――

――石崎専務に会っていただけるのですか――

――話は聞く――

――では、ご都合のいい日を教えてください。石崎専務に連絡し、上京していただくよう話します。依頼の内容は彼から直《じか》に聞いてください――

――俺が大阪に行く。日時は先方の都合に合わせる――

その場で杉江がスマートフォンを手にし、メールでやりとりを始めた。重要な事案は文言で残す。間違いがないよう、そう心がけているのだ。

木村の目が光った。

「それを早く言ってください。杉江専務の依頼なら請けられるのでしょう」

「紹介よ。関西の企業に頼まれたそうや」

「いいですね。万博にカジノ……大阪は活気に溢れているそうです」

「関係ない。が、杉江の顔がある。あす大阪へ行き、話を聞く」

「杉江専務から依頼の中身を聞かなかったのですか」

「筋が違う」

ぴしゃりとはねつけた。

杉江とのやりとりは教えない。それこそ筋目を違《たが》える。

「せめて、依頼主の名前だけでも……予備調査のしようがありません」

「会うてから連絡する」

「………」

木村が眉尻をさげた。

「逸《はや》るな。まずは養生に努めろ」

「そうします。あしたはひとりで行かれるのですか」

「ああ。話を聞いて、人手が必要なら連絡する」

「準備はしておきます」

息をつき、木村がベッドにもたれた。

気持に身体がついて行けないのか。むりもない。内視鏡手術とはいえ、体内の四箇所にメスを入れたのだ。

鶴谷はサイドテーブルに見舞金を置き、ベッドから離れた。

夢舞《ゆめまい》大橋と夢咲《ゆめさき》トンネルを結ぶ道路は右も左もコンテナを搭載したトラックが数珠《じゅず》つなぎに走っていた。

左側にあるコンビニエンスストアのむこう、夢洲の東岸にあるコンテナターミナルには赤茶色のコンテナが無数に整然とならんでいる。ところどころ、天を突き刺すようなクレーンが配置してある。

右手に更地が見えてきた。金網の扉は開いている。

「停めろ」

白岩光義《しらいわみつよし》が運転席の坂本《さかもと》に命じた。

坂本隼人《はやと》は白岩の乾分《こぶん》で、運転手を務めている。

メルセデスが路肩に停まった。

白岩が歩道に立つ。インクカラーのトレンチコートの裾が風になびいた。

夕陽に照らされ、右頬の古傷が老木にできた洞《ほら》のように見える。竹馬の友。洞の中には四十年間の縁が詰まっている。

白岩が道路のむこうを指さした。

「あの更地は万博の工事関係者の事務所や」

更地には十数台の車が停まり、その奥に複数のちいさな建物がある。

「IR関連の事務所もあるのか」

「ない。更地の向こう側に市の建設局が小屋を建て、調査をしていたそうやが、万博を優先したんやろ。もうすぐ上下水道処理施設の建設にとりかかるらしい」

「夢洲駅はどこにできる」

「更地のそばや。右がIR、左が万博……その中間に駅ができる」

更地の左右は、見渡すかぎり、雑草が生い茂る荒野である。

「わからんもんやのう」

白岩光義がつぶやいた。

「何が」

「夢洲は税金の墓場やった。大阪府と大阪市が副都心構想を掲げてできた島や。バブルが弾けて夢は砕け散り、大阪オリンピック誘致にも失敗した。それが、どうよ。あと五年もすれば、税金の墓場が大阪の金庫に化けよる」

「一夜漬けで考えてきたのか」

「ほざくな。眠っていても、関西財界の動きには目を光らせとる」

教えられるまでもない。

白岩は関西きっての経済極道である。とくに、関西の不動産・建設業界にはひろくその名を知られている。

かつて関西の捌き屋は工事現場のトラブル処理が仕事だった。下請企業から依頼を請けての汚れ仕事で、危険な稼業の割に報酬はすくなかった。

そんな捌き屋が企業間の揉め事や土地売買交渉に関われるようになったのは白岩の功績である。大阪大学経済学部を卒業後に花房《はなぶさ》組の若衆となってわずか五、六年で、白岩は元請企業からも一目置かれる存在になったのだった。

そこに至るまでの仕事ぶりはつぶさに見てきた。

鶴谷を仲間に引き込んだのも白岩であった。

当時、鶴谷は失意のどん底にいた。家業の八百屋は土地ごと詐欺師集団に騙し取られ、父は自宅の鴨居に首を吊った。母は病に倒れ、父の後を追うように逝った。

ただ息をしているだけの鶴谷をひたすら支え続けたのが白岩である。

やがて鶴谷も捌き屋として名が売れだした。三十歳で蕎麦屋の一人娘と結婚、一年後には長女を授かった。が、幸せな日々は長く続かなかった。長女の誕生百日を祝う日、義父が捌き屋稼業で敵対する相手に拳銃で撃たれ、死亡した。

翌年、鶴谷は離婚して大阪を離れ、東京に移り住んだのだった。

突風が吹き、うかんだ記憶を運び去った。

車に戻った。

メルセデスが夢咲トンネルへむかう。来た道とは逆方向である。

「どこへ行く」

「見学よ。トンネルを潜った先の南港にハイアットリージェンシーがある。万博とIR事業に参加する企業の連中が頻繁にイベントや会議を開いているそうな」

「前線基地というわけか」

「興味が湧いたか」

「まだ野次馬気分にもなれん」

白岩が頬を弛めた。

鶴谷は、煙草を喫いつけてから話しかける。

「駅はひとつだけか」

「そうよ」

白岩がにやりとした。

どうやら情報を集めたようだ。

きのう、木村を見舞ったあと自宅に帰り、白岩の携帯電話を鳴らした。

「あした、そっちに行く」

《大阪が恋しゅうなったか。企業に見捨てられたか》

戯言《ざれごと》は無視した。
「大京電鉄の役員と会う」
《しのぎか。何を捌く》
「わからん。東和地所の杉江に頼まれた。杉江は夢洲と口にしたが、依頼の内容は直に聞くよう言われた」
《木村も来るんか》
「ひとりで行く。内容がわからんのやから、予備調査のしようがない」
木村が手術を受けたことを話すつもりはない。白岩は気遣いの塊である。
《杉江は夢洲と言うたんやな》
白岩が念を押すように言った。
「おまえも動くな。無駄働きになるかもしれん」
《退屈しのぎにはなる。あしたは泊まるんやろな》
「面談はあさって。先方が二泊三日でホテルをとってくれた」
《仕事以外は予定を入れるな》
返事をする前に通話が切れた。

　白岩が言葉をたした。

「大京電鉄も、ゆめ咲線を延伸する予定のJR西日本も、独自の駅を持つプランはない。大京電鉄とJR西日本は桜島にできる予定の新駅から夢洲まで線路を共用する形になるようやが、大阪メトロは咲洲《さきしま》と夢洲を結ぶトンネルを掘って、逆方向から夢洲駅へむかう。個別に駅をつくる必要はないのやろ」

「JRのゆめ咲線延伸計画はまだ決定していないのか」

「あそこは堅実路線やさかい。夢洲へのIR誘致が決定するまで動かん。期間限定の万博だけでは採算が採れんということや」

「それは大京電鉄もおなじやないか」

「それよ」白岩が声を張った。「IR誘致は確定と読んでいるのか、リスク覚悟で路線を延伸するメリットがあるのか。二〇二四年のIR開業がむずかしくなっている現状でも、強気の姿勢を崩してへん」

「…………」

　鶴谷は口をつぐみ、車窓に目をむけた。

　西の空に朱色に染まる帯状の雲がひろがっている。

　薄ら寒く感じる景色だ。

眉をひそめ、視線を戻した。

「関西財界は、本気で二〇二四年にＩＲが完成すると思っているのか」

「それはない。行政は振りかざした錦の御旗を降ろさんやろが、財界人の目はシビアや。二〇二六年か二〇二七年か。万博の翌年なら御の字……そう見立てとる。一部にはカジノだけを先行開業という連中もおるけど、それでは絵にならん。工事現場に囲まれたカジノで遊びたいのはバカラ狂いの連中だけや」

「だろうな」

そっけなく返した。

白岩が話を続ける。

「おまえに助けを求めた大京電鉄やが、発表している路線の延伸計画のほかに、新設される夢洲駅周辺にレジャー施設をふくむ大規模なホテルを建設する計画があるそうな。発表に至っていないのは大阪メトロとの調整が難航しているのやろ」

「新駅にできるランドマークタワーも大阪メトロが事業主になるのか」

「単独ではむり。ノウハウがない。うわさやが、府と市の主導で、大阪メトロと関西電鉄が手を組むらしい」

関西電鉄は西日本最大の私鉄で、関西ではカンテツと呼ばれている。関鉄ホールディングスの傘下にあり、同グループの関鉄不動産と連携し、エンターテインメント事業やホテル事業を全国規模で展開している。

鶴谷は首をひねった。

関西電鉄は京都、大阪、神戸をつなぐ三路線で電車を走らせている。起点は梅田駅だが、梅田から大阪市内への路線は有していない。

「関西電鉄にも夢洲への延伸計画があるのか」

「ない。けど、万博事業では自治体と緊密に連携しとる。なにしろ関西電鉄は、パナソニックと双璧の、大阪が誇る大企業やさかい。万博会場の一等地に豪勢なパビリオンを建てると、もっぱらのうわさや」

首は傾げたままだ。が、疑念や推論を口にする気にはなれない。

鶴谷は煙草を消した。

「稼業はどうや。本家に動きはないのか」

「嵐の前の静けさよ」

「ん」

「あいかわらず、角野《かどの》と黒崎《くろさき》はこそこそ動き回っている。本家でやる事始めの席で、会長が引退を表明、同時に、黒崎に禅譲するという話もある」

白岩が他人事《ひとごと》のように言った。

二代目花房組組長の白岩は、指定暴力団一成会の若頭補佐でもある。会長の山田は持病の糖尿病が悪化しており、引退のうわさが絶えない。組織の運営は角野事務局長と、山田の子飼いの黒崎若頭が掌握している。一年半前、角野と黒崎は、黒崎禅譲を画策し、最大派閥の花房一門の長である白岩を陥れようとした。あえなく謀略は泡と消えたが、角野と黒崎は打倒白岩に執念を燃やしているという。

関西極道の正月元日は十二月十三日、事始めの日である。

「あとひと月か」

ため息まじりの声になった。

「気にするな。喧嘩を売られんかぎり、俺からは動かん」

「それで一門が納得するのか」

「金子や石井のことか」

鶴谷は頷いた。

金子克と石井忠也は白岩の兄弟分である。初代花房組では四天王の一角で、白岩が花房組の跡目を継いだ際、一成会の若衆として盃を直し、現在は一成会幹部に名を連ねている。どちらも白岩を一成会の会長にすると公言して憚らない。とくに、武闘派の金子は事あるたびに会長一派と小競り合いをくり返してきた。

「あいつらは極道や。血の気は多いが、筋目を違えるようなまねはせん」

「そうは言うても、角野は策士……おとしの一件もある」

「おまえ、いつから心配性になった」白岩が苦笑する。「ガキのころからそうなら、すこしは可愛げがあったんやが」

「うるさい。とにかく用心しろ。命あっての物種や」

「そっくり返したる。二度と生死の境をさまような。わいの心臓がもたん」

メルセデスが夢咲トンネルに入った。

かなり深い。洋上を大型船舶が往来しているせいか。大阪メトロはこのトンネルに沿って鉄道用トンネルの工事をしているという。

鶴谷は話題を変えた。

「おまえの同業で、大阪の金庫にちょっかいをだしているやつはいるか」

「そりゃおるやろ。けど、警察が睨みを利かせとる。大阪府警にとっても夢洲のカジノはカネの生《な》る木や。やくざどもが面倒をおこせば、それ見たことかとカジノ反対派が勢いづく。マスコミも騒ぎ、金庫がただの鉄屑になるかもしれん」

「やくざ……関西に極道がおらんようになったのか」

昔から裏社会の関西者は極道と称し、やくざと呼ばれるのを嫌った。関東ではやくざ、関西は極道。それが裏社会での呼称でもあった。

「おる。けど、組織はあかん。詐欺師集団になりさがった。老人のカネを毟《むし》り取り、若者を覚醒剤《シャブ》漬けにしよる。極道どころか、やくざとも呼べん虫けらや」

「一成会もそうか」

「本家は詐欺も覚醒剤も禁止しとる。ばれたら絶縁よ。けど、それでは枝は生きていけん。地場でのしのぎが薄くなっても、本家への上納金の額はあがる一方……角野らもわかっているさかい、規律破りも黙認しとるのやろ」

「………」

鶴谷は口をつぐんだ。

花房組も台所は苦しいということか。

白岩が目元を弛めた。

「わいの家が心配なら、仕事を請けろ」

「それとこれとは話が別や。俺の稼業にも筋目はある」

「安心した。それでこそ捌き屋……鶴谷康よ」

「あほくさ」

心配性なのはどっちよ。

そのひと言は胸に留めた。


「こっちや」

右手からだみ声が届いた。

白岩が玄関脇の潜り戸を抜け、庭に入る。

鶴谷もあとに続いた。

庭の一角が色づいている。柿の木だ。

その前で、花房勝正《かつまさ》が剪定鋏を手にしていた。

紬の着物に綿入れ半纏。素足に下駄を履いている。

背がまるくなったように感じた。花房は八十歳になった。姿を見るのは一年ぶり。

抗がん剤治療を受けるために上京したさい、築地の国立がん研究センター中央病院に足を運んだ。そのときは、見舞うつもりが見舞われた。自分の術後の経過を案じる言葉を頂戴した。胸部に銃弾を食らって五か月後のことだった。

「おやっさん。夜風は身体にさわりますよ」

白岩のひと言に、花房がふりむいた。

「おお、鶴谷、身体はどうや」

「おかげさまで。ごぶさたしておりました」

「なんの。折りにふれ、光義からおまえの活躍ぶりは聞いておる」

「恐れ入ります」柿の木を指さした。「ことしの出来は如何ですか」

「なかなかのもんや。これなら甘い干し柿ができる」

花房が眦《まなじり》をさげた。

丹精込めて干し柿をつくり、近隣住民に配っているという。

「さあ、中に入りましょう」

言って、白岩が花房に寄り添った。

沓脱石で下駄を脱ぎ、花房が縁側から居間に入った。

鶴谷と白岩は玄関にまわった。それが礼儀である。

姐《あね》の愛子に迎えられた。

紺色のワンピースに白の割烹着。あいかわらず矍鑠《かくしゃく》として見える。顔色も良さそうだ。目が合うや、愛子が顔一面に皺を刻んだ。

「ツル、よう来たのう」

「おひさしぶりです」

鶴谷も顔に笑みをひろげた。顔を見れば自然とそうなる。

花房夫妻にはたいそう世話になった。夫妻は子宝に恵まれず、そのせいか、親子盃を交わしたばかりの白岩を自宅に住まわせ、実子のように面倒を見た。とはいえ、世間の親子とは違う。花房は生粋《きっすい》の極道であり、愛子は極道の妻である。同居した三年間、礼儀作法を叩き込み、極道としての立ち居振る舞いを身につけさせた。白岩が教えに背けば容赦なく叱りつけ、ときに、竹刀《しない》で殴ったという。

そういう話はのちに、花房夫妻から酒の肴として聞かされた。初耳だった。極道になった白岩からは愚痴や不満を聞いたことがなかった。

鶴谷も白岩と同様に可愛がられた。白岩が部屋住みだったころは毎週のように花房家に足を運び、姐の手料理に舌鼓を打ったものだ。

「光義、手伝え」

ひと声放ち、姐が背をむけた。

キッチンに戻るのだ。

白岩のコートを受け取り、鶴谷は居間へむかった。

床の間を背にして、花房は座椅子に胡座《あぐら》をかいていた。くぼんだ眼窩《がんか》に宿る光は、極道時代の威圧感が消え、人としての年季を感じさせる。

鶴谷は、ジャケットと白岩のコートを部屋の隅に置き、花房の前に座った。

花房が口をひらく。

「仕事で来たんか」

「はい。依頼を請けるかどうかはわかりません」

「ダボハゼにならんのがおまえのええところや」

鶴谷は口元を弛めた。

餌と思えば何にでも食いつくハゼを、関西ではダボハゼという。己の欲得のためには信念も筋目もないがしろにする輩を揶揄《やゆ》している。

襖が開き、姐が長方形の盆を運んできた。

二合徳利二本とぐい呑四個、三種類の小鉢を花房と鶴谷の前に置いた。

イカとネギの饅和《ぬたあ》えとおから。おからは花房の好物である。

鶴谷は、もうひとつの小鉢を指さした。

「これはモロコですか」

「そうや。ことしは琵琶湖のモロコの出が早いわ」

琵琶湖のモロコは絶滅の危機に瀕している。琵琶湖で獲れた稚魚を養殖している地域もあるが、味は琵琶湖産に遠く及ばない。

鶴谷は甘露煮をつまんだ。モロコは天ぷらも甘露煮も舌がよろこぶ。

「やわらかくて、美味いです」

妲が目を細めた。

「つくりたてや。アオリイカも美味《うま》いで」

「酒が進みます」

「もうすこし待っとき。光義が出汁《だし》をとっているさかい」

「鍋ですか」

「具沢山の寄せ鍋や」

「よだれがでそうです」

話しているあいだ、花房は酒とおからを口にしていた。

妲が去ると、花房が手を休め、座椅子にもたれた。

「ええ機会やさかい言うが、おまえに頼みがある」

「あらたまって、何でしょう」

「おまえにしかできんことや。光義をその気にさせてくれんか」

「えっ」

まばたきをした。うかんだ言葉が声になる。

「一成会の跡目のことですか」

「そんなことでやきもきはせん。光義はてっぺんに立つ器や。あとは運……こればかりはどうしようもない」

「では、何をやきもきされているのですか」

「好子のことよ」花房が顔を近づける。「おまえ、どう思う。わしも嫁も、光義の嫁になれるのは好子しかおらんと思うてる」

「………」

　眉尻がさがった。返す言葉が思いうかばない。

　花房は間を空けなかった。

「光義はどうなんや。好子のこと、聞いてないのか」

「ええ。好子さんが話題になることは……そもそも、あいつは若いころからプライベートなことは話しません」

「うーん」

　低く唸り、花房が姿勢を戻した。

　もどかしそうな顔になり、ややあって口をひらく。

「わしの人生、後悔も未練もない。唯一の心残りが光義と好子よ。わしは、好子のとびっきりの笑顔が見たい。好子と知り合うて三十年……わしらの前では笑みを絶やさんが、心底からの笑顔とは違うように思う」

「………」

言っていることはよくわかる。

あれは鶴谷と白岩が二十歳のときだった。

約束の時間に遅れてミナミの心斎橋につくと、道に人だかりができていた。悲鳴があがった。人垣をかき分けて進んだ先、白岩が三人の男と格闘していた。光義の右頬はザクロが割れたようになり、顔も衣服も血にまみれていた。

好子がチンピラ三人に囲まれているのを見て、助けに入った。見も知らぬ人を助けようとして、人生を変えるほどの深手を負ったのだった。

偶然に通りかかった花房がその場を鎮め、白岩は病院に運ばれた。

白岩と花房の縁の始まりである。花房は心が傷ついたであろう好子にも気を配り、白岩の知らぬところで好子に接していたという。

歳月が流れ、花房の仲介によって白岩は好子と再会を果たした。当時、好子は料亭で仲居をしており、花房はその店に通っていたのだった。

それからほどなく、白岩の援助を受け、好子は北新地のはずれで花屋を始めた。

そのときの、白岩の胸の内はいまもわからない。

好子のひたむきな思いに形で応えたかったのか。人情か。

——極道をやっているかぎり、所帯は持たん——

白岩の信条である。

以来、傍目には、即《つ》かず離れずの関係が続いている。が、好子が白岩を慕い続け、それを白岩が正面から受け止めているのはわかる。

鶴谷はそっとため息をついた。

おまえはどうなのだ。

頭の片隅で声がした。

やさしく微笑む女の顔が瞼の裏側に映った。

あわてて頭をふる。

「できたで」

姐が笑顔で入ってきて、座卓にコンロを載せた。

「光義の腕は錆びてなかったわ」

言って、有田焼の丸皿も置いた。

白身魚の薄造り。肝と胃袋、薬味も添えてある。

「オコゼですか」

「そうや。光義なら引退しても食うに困らん」

「あほなことを」花房が言う。「あいつの板前姿など、見とうもない」

「わてはそれでもええ。ただし、女将がおればやけど」

「…………」

花房がぽかんとし、すぐに相好《そうごう》を崩した。

鶴谷は笑みをこぼした。

夫婦のやりとりに胸が軽くなった。

白岩が土鍋を運んできた。

湯気が立っている。白岩の顔から汗が吹きだしていた。

部屋に磯の香りがひろがった。

土鍋からワタリガニが顔をのぞかせている。鯛と蛤《はまぐり》、車海老と牡蠣《かき》もある。

白岩が鶴谷のとなりに座った。

姐は割烹着を脱ぎ、襖に近い席に腰をおろした。

「ゴチになるで」花房が徳利を手にした。「おまえの手料理はひさしぶりや」

「食材がええので、腕をふるいました」

白岩が返し、両手でぐい呑を持った。咽《のど》が鳴る。

鶴谷はふっくらとした鯛の身を口にした。火傷しそうになる。

「美味いやろ」白岩が言う。「けさ獲れの淡路産やそうな」

部屋が静かになった。皆が鍋を突《つつ》いている。

野菜は淡路島の白菜と京都の九条ネギだけ。充分だ。よけいなものはいらない。

花房が箸を置き、酒を飲む。息をつき、顔をふった。

「愛子、しばらくわが家も賑やかになりそうや」

きょとんとしたあと、姐が口をひらく。

「ツル、戻ってくるのか」

「そうじゃありません。仕事で……まだ決定したわけでもないです」

「そうか。仕事で来るのなら、うちで羽を伸ばすわけにもいかんのう」残念そうに言い、姐が視線をずらした。「光義、黄金コンビの復活か」

「昔とは違って、極道と組めば、鶴谷は企業から干されます」

「難儀な世の中になったもんや。裏では腐れ縁が続いているのに」

「そんなものです」

白岩がさらりと返した。

鶴谷は口をはさまなかった。

自分の仕事を手伝っていることを、白岩は花房夫妻に話していないようだ。鶴谷も夫妻に仕事の話をしたことがない。何より、いまは料理を堪能したい。


翌朝、北区梅田一丁目にある『ヒルトン大阪』を出た。ひとりでタクシーに乗り、御堂筋を南下、本町へむかった。

昨夜は午後十一時近くまで花房宅にいた。

〆の雑炊には唸った。その雑炊を食するための寄せ鍋のようなものであった。食材によって異なるのだから、雑炊は人生で一度きりの味である。

普段は米をあまり食べない花房もお代わりした。花房は終始ご機嫌で、酒を控えるよう姐がたしなめても、「つぎがあるかどうか、わからん」と、花房はよく飲み、饒舌だった。はしゃぎ過ぎたか、十時ごろには船を漕ぎだし、白岩に担がれて寝室に運ばれた。姐と白岩が後片付けを済ましてから家を去った。

そのあと、北新地にくり出そうという白岩の誘いをことわり、ヒルトンプラザイースト二階の『B bar Umeda』のカウンター席で、静かにグラスを傾けた。贅沢な時間を過ごしたのだ。北新地で高価な酒を飲み、着飾った女に囲まれようと、さらなる高揚感は得られなかっただろう。花房との差しの話も心に引っかかっていた。

――先代と何の話をしていた――

白岩にそう訊かれたときはとまどった。

――おまえにしかできんことや。光義をその気にさせてくれんか――

あのときの、花房の真剣なまなざしが瞼に焼き付いていた。

好子の名前を口にしかけて、思い留まった。

鶴谷も二人のことは気になっている。男と女の仲なのか。二人を見てそう思うこともある。それほど、好子はひたすら健気に白岩に寄り添っている。白岩も好子に心を砕いているように見える。が、口をはさむのは気が引ける。盟友といえども、他人の人生である。それに、白岩と好子の出会いの件がある。自分が約束の時間に遅れなければ悲劇はおきなかった。たとえチンピラとトラブルになっても、白岩が深手を負うことはなかった。十代の八年間、鶴谷と白岩は共に空手道場に通っていた。繁華街で極道と喧嘩になってもイモを引くことはなく、相手を叩きのめした。

それに、わが身のこともある。


本町三丁目の交差点でタクシーを降りた。

周囲を見回し、腕の時計を見る。午前十時四十七分。

大京電鉄本社は御堂筋沿いにある。白壁の八階建ては自社ビルか。

正面玄関の前に立ち、上着の襟を正した。白の縦襟シャツに紺色のスーツ。いつのころからか、依頼主との最初の面談のさいの定番になった。

階段をあがり、エントランスに入った。

左手の受付カウンターに二人の女がいた。

近づき、三十歳前後の面長の女に声をかける。

「東京の鶴谷と申します。石崎専務にお取次ぎください」

「お待ちしておりました」

女が目元を弛め、立ちあがる。

案内され、八階の応接室に入った。

三十平米ほどか。ガラスのテーブルを囲んで、四方に黒革のソファがゆったりと配されている。壁に百号はありそうな絵が掛けてあるだけのシンプルな部屋には樹木の香りが漂っていた。ちかごろは雰囲気づくりにこだわる企業が増えている。

二人の男が腰をあげた。

「遠路、お越しいただき、恐縮です」

六十年輩の男が言い、二人して近づいてきた。

「石崎です」

鶴谷は名刺を交換した。

席に着き、二人の名刺をテーブルの端にならべた。〈専務取締役　石崎豊〉と〈執行役員　辻端幸三〉。辻端のほうは〈レジャー事業本部長〉の肩書も記してある。

石崎が口をひらく。

「お会いできて光栄です。東和地所の杉江専務には何とお礼を言って……」

「むだ話はよしてくれないか」

こともなげに言い放った。

石崎が目をしばたたく。辻端はあんぐりとした。

「この先、杉江さんは関係ない」

「承知しました」

石崎が表情を戻した。

丸顔で、目も鼻もおおきい。肌は浅黒く、精悍な顔つきである。辻端のほうはやや細身で、顔がちいさい。賢そうな顔だが、さぐるような目つきをしている。

紺色のスーツを着た女がお茶を運んできた。

女が去るのを待って、石崎に話しかける。

「要件を伺おう」

石崎がこくりと頷いた。

思わぬ展開に出鼻をくじかれたのか、表情が強張っている。

「事業提携する予定の会社とトラブルになり、弊社は窮地に立たされています」ひとつ息をつく。「ぜひとも、鶴谷様のお力をお借りしたい」

「トラブルの中身は」

「弊社は、大阪万博の跡地にレジャー施設をふくむ複合ビルを建てる予定です。すでに地主である大阪市とも五十年間の賃貸契約で基本合意に達しております」

「夢洲のどこで」

「新設される夢洲駅の近く、IR予定地とも隣接しています」

「駅にはレジャー施設をふくむランドマークタワーが建つと聞いているが」

「ひとつより二つ……市は、IR事業が繁栄するためにも、万博跡地の有効活用が重要と認識しています」

「エンターテインメント、レクリエーションエリア構想やな」

「はい。それに興味を示す企業は数多《あまた》あるのですが、いざ手を挙げるのにはためらいがあるようでして」

「ＩＲが実現するか、否か……利益を追求する企業なら当然や」

「おっしゃるとおりです」

「それなのに、市との契約合意を急いだ理由は」

「ひと言で申せば先行投資。ＩＲ誘致が決定する前なら、いい条件で話し合えると判断してのことでした。もちろん、リスクが存在するのは承知の上です。が、大阪メトロはすでに路線延伸の工事に着手しており、新駅にランドマークタワーを建設するのも決定事項です。つまり、市は本気で夢洲開発に臨んでいる。ＩＲ誘致に失敗したとしても、夢洲はおおきく変貌する……そう結論づけました」

「…………」

疑念はあるが、口にはしない。

テーブルの上にクリスタルの灰皿がある。杉江のアドバイスか。

鶴谷は上着のポケットから煙草をとりだした。

ゆっくり紫煙を吐き、石崎を見据えた。

「事業提携の相手は」

「西本興業です」

「…………」

　眉根が寄った。

　西本興業は芸能プロダクションである。戦後まもなく大阪に誕生した。テレビの普及とともに成長を続け、業界一位の企業となる。マスメディア業界を制圧し、いまや西本興業の関係者が不祥事をおこそうとも、それを咎めるテレビ局や出版社は皆無になったとまでいわれている。

　石崎が話を続ける。

「西本興業との連携は、この十年あまり、弊社の最優先事項でした。弊社はレジャー事業部を有しておりますが、正直、その方面では他社に後れをとっている。レジャー事業をエンタメ事業にレベルアップ……そのためには、何としても西本興業との連携を実現させたかったのです」

「さっき予定と言ったが、話し合いはどこまで進んでいた」

「夢洲での共同事業に関しては完全に合意に達していました。覚書を作成し、両社の担当部署による特別プロジェクトチームも立ちあげていました」

　石崎が横をむく。

　辻端がバッグから封筒を取りだし、中の書類をテーブルに置いた。

「共同事業の要旨および詳細、覚書のコピーもあります」

鶴谷は一瞥し、石崎に話しかけた。

「持って帰り、あとで精読する。かまわないか」

「承知しました。が、弊社の機密事案です。何卒、ご配慮を賜ります」

頷き、書類を封筒に戻した。脇に置き、話を続ける。

「トラブルの中身を聞こう」

「覚書を破棄すると書面で通告されました。先月十八日のことです。どういう理由によるものか記されておらず、急遽、わたしは西本興業本社へ駆けつけ、担当役員に面談を求めました。西本興業内のトラブルはご存知ですか」

「所属芸人の不祥事が多発し、それへの経営陣の対応がまずく、社内が内輪揉めになった責任を取り、経営陣は退任した」

「はい。経営陣は一新されました。さいわい、共同事業の統括責任者は留任したので面談に応じていただけたのですが、どうにも歯切れが悪く……新経営陣が事業計画の見直しを行ない、夢洲の事業は撤退をふくめ、再検討の必要があると結論づけた。よって、覚書は破棄するということになったそうです」

「御社に瑕疵《かし》はなかった」

「はい。担当役員も弊社に非はないと明言されました」

「覚書に、事業計画の中断、破棄に関する条項はあるか」

「ないです。そういうことは合意の契約書を作成するさいに記載します」

「御社に非はない……それなのに抗議しなかったのか」

石崎が目を見開いた。

「もちろん、厳重抗議し、書面の撤回を求めました。しかし、経営権のない執行役員の身ではどうしようもないと……弊社の意向は経営陣に伝えると約束していただいたのですが、経営陣は相手にしてくれないそうです」

「法的手段はとらなかったのか」

「それは選択肢にありません。どちらかが不利益を被った場合の条項はなく、当然、損害賠償等の条項も記していません。弁護士によれば、覚書の内容では契約不履行にあたらず、提訴し、裁判で争っても勝てるかどうかはわからないと……それに、裁判になれば歳月を要し、勝訴したとしても事業計画は大幅に遅れてしまいます」

「御社は実害を被ったか」

「投資という意味ではほとんど……夢洲での共同事業に関する覚書作成までにかなりの時間と多少のカネを要しましたが、高が知れています」

鶴谷は煙草をふかして間を空けた。灰皿に消し、口をひらく。

「未練たらたらのようやな」

「認めます。先にお話ししたとおり、弊社は西本興業との連携をめざし、総力を挙げて取り組んできました。夢洲での共同事業はその成果ながら、全体的に見れば端緒に過ぎない。いま、西本興業と面倒をおこせばすべてが無になります」

「西本興業との連携に社運を賭けているとでも言いたいのか」

「その覚悟です」

石崎が臆面もなく言い放った。

胸の内はわかる。大京電鉄が西本興業に固執する理由も透けて見える。

西本興業の知名度は全国区である。西本興業が動けば、マスメディアはこぞって報道する。他方、大京電鉄は企業としての業績は申し分なく、東京をはじめ地方都市にも事業を展開しているとはいえ、知名度ではおおきく見劣る。大京電鉄が西本興業との事業提携を果たせば、社名は全国に知れ渡り、株価は急上昇する。

そういうことは西本興業も重々承知だろう。

ゆっくり首をまわし、視線を戻した。

「俺に、何をやらせたい」

石崎の目が据わった。

「覚書破棄の撤回です」

「期限はあるか」

「年内に、市と夢洲の土地借用の仮契約を結ぶ約束をしています。遅くとも、十二月二十日までということでお願いしたい」

「依頼を請けるか、否か……来週末に返答する」

「…………」

石崎が口をもぐもぐさせた。が、声はない。

鶴谷は封筒を手にした。

「この内容について質問するかもしれない。どちらに連絡すればいい」

「わたしに……携帯電話に連絡くだされば、何時《いつ》でもお答えします」

石崎がすがるようなまなざしで言った。

頷き、鶴谷は席を立った。


サイドボードの上が燃えている。

鶴谷は目を奪われた。

白壁に映える楓が枝をひろげている。まるい器は備前焼か。

「好子さんか」

「ああ。この時季になると奈良へでむき、紅葉を採ってきよる」

おまえのために。

声になりかけた。花屋で売ることはないだろう。

「鶴谷さん、いらっしゃいませ」

坂本がリビングに入ってきて、テーブルにトレイを置く。マッカラン18年のボトルを手にし、言葉をたした。

「水割りですか」

「濃いめで頼む」

答え、鶴谷はソファに腰をおろした。

北区曾根崎にある花房組事務所に着いたところである。大京電鉄本社を出たあと、新梅田食道街できつねうどんを食べてからホテルに戻った。客室にこもり、五十枚ほどの書類に目を通した。白岩に連絡したのは午後五時過ぎであった。

白岩がチョコレートをつまんだ。

いつからチョコレートが好物になったのか。昨夜の『B bar Umeda』でもチョコレートをお代わりしていた。

鶴谷は水割りを飲み、煙草を喫いつけた。

視線を戻す前に、白岩の声がした。

「どうやった。しのぎになりそうか」

「何とも言えん」

にべもなく返し、石崎の話を聞かせた。

「妙な依頼やのう」

白岩の目が輝きを失くしている。グラスを傾けてから言葉をたした。

「まあ、ええ。ひさしぶりにおまえの顔が見られた。先代も姐さんもご機嫌で……あんな無邪気なお顔を見たのもひさしぶりや」

「早とちりするな」

「はあ」

「西本興業は約束を反故にした。まっとうな依頼や」

「おまえ、正気か」白岩が目をまるくした。「人はうそつきや。約束も破る。己の都合が悪くなれば、誰でもそうする。相手のことなどお構いなしよ」

「依頼をことわる理由にはならん」

「やめとけ。くたびれ損や。おまえに勝ち目はない」

「……………」

鶴谷は視線をおとした。水割りを飲み、煙草をふかす。

白岩がソファにもたれた。あきれ果てたような顔をしている。

鶴谷はブルゾンの内ポケットをさぐった。白のポロシャツにカーキ色のコットンパンツ、ネイビーカラーのブルゾンに着替えている。

二百万円をテーブルに置いた。

「西本興業について、知っていることを教えろ」

白岩が眉間に皺を刻む。たちまち眼光が鋭くなった。

「どうあっても請けるんか」

「先方への返事は来週末、二十二日や。それまで西本興業と関係各所の情報を集め、依頼を請けるか、ことわるか、検討する」

白岩がため息をつき、水割りをあおるように飲んだ。

「正業のほうは知識がない。裏の話でええか」

「頼む」

鶴谷も多少の知識はある。が、かなり以前のものだ。

「知ってのとおり、西本興業は神戸の神俠会を後ろ盾に、業績を伸ばしてきた」

西本興業の創業者と神俠会三代目の縁は、関西の裏社会に生きる者なら誰でも知っている。昭和二十年代後半から三十年代半ばまで、西本興業は浪曲や講談、歌謡ショウなどの興行を主な収入源としていた。関西にかぎらず、中国、四国、九州の各地で滞りなく興行を打てたのは神俠会三代目のおかげだといわれている。各家庭にテレビが普及してからはバラエティー路線に転換したが、それでも神俠会との縁は切らなかった。あるいは、切れなかったのか。かつては、大阪や神戸で開かれる賽本《さいほん》引きの賭場に西本興業の芸人が出入りしていた。所属芸人が不祥事をおこすたび、その事件の背景に神俠会幹部の名前がまことしやかにささやかれた。

「西本興業と神俠会の関係はいまも良好よ。神俠会の当代と若頭は関西の出身やないさかい縁は薄そうやが、本家幹部の清原との絆は強い」

「難波の柳井組の四代目か」

「あそこはイケイケの集団や。島が被っている金子組とは悶着が絶えん」

柳井組の初代組長は神俠会三代目に目をかけられていた。神俠会が各地でおこした抗争では常に先陣を切り、神俠会の特攻隊ともいわれた。

白岩が続ける。

「おまえが西本興業を相手にすれば、必ず柳井組がしゃしゃりでる」

「そうなったら、おまえはどうする」

「おまえを護るのはわいの使命や。生き甲斐でもある」

白岩が何食わぬ顔で言った。

鶴谷は頰を弛めた。

わかりやすい男だ。本音の吐露だが、方便でもある。自分が白岩を騒動に巻き込みたくないことを知っている。

煙草と水割りで間を空けた。その話はするだけむだというものだ。ましてや、白岩は一成会の跡目争いの真っ只中に身を置いている。

「もうひとつ、頼みがある」

「言うてみい」

「信用のおける調査会社を紹介してくれ」

「木村は」

「病院のベッドや」

話さないつもりだったが、こうなれば致し方ない。うそはつけない。

木村とは、けさ電話で話した。

術後の経過は順調ながら、医師に一週間の追加入院を強く勧められたという。万が一の出血に対応するためだ。それだけ、厄介な手術だったのだろう。それを聞いて、鶴谷も医師の言うことを聞くよう諭した。

仔細を話すと、白岩は眉を曇らせた。

あとでわかったことだが、白岩は個人的にも木村と親交がある。

鶴谷は煙草をふかし、白岩の言葉を待った。

「木村を使えんとなれば、ますますおまえに勝ち目はない」

「依頼を請けたら、優信調査事務所を頼る。木村が動けなくても、優秀な人材が揃っている。俺の仕事にやつらは欠かせん」

「それなら……」

白岩が声を切った。

鶴谷の心中を読んだようだ。予備調査でも優信調査事務所に依頼するかどうかかまよった。が、病室のベッドの上で指示をだす木村の姿がうかんだ。神経を摩耗し、ストレスを溜めれば治るものも治らなくなる。

「判断の材料となる情報がほしい」

「どこを調べる」

「大京電鉄と西本興業の動向……とくに、両社が立ちあげた特別プロジェクトチームの動きと関係者の個人情報。夢洲に関する情報も集めたい」

「夢洲は万博か、ＩＲか」

「どっちも頼む」

　白岩が腕を組んだ。ややあって口をひらく。

「ＫＲＫ……関西リサーチ研究所ならおまえの期待に応えられるかもしれん」

「聞いたことがない名や」

「リーマンショックのあとにできた会社や。社長は、北浜の証券会社で市場調査を担当していた。その当時から知っているが、関西財界の動向には精通している。ＫＲＫは関西経済界の動向を調査する会社やが、社長には裏の肩書がある。投資顧問……それがやつの本業で、そのためにＫＲＫを設立したようなもんや」

「おまえも世話になっているのか」

「株は何度か儲けさせてもろうた。わいのしのぎで組んだことはない。けど、企業関係の情報はそこから入手する。社長の生方《うぶかた》のほうから、わいの飯の種になりそうな情報を運んでくることもある」

「どうして」

「証券会社にいたとき、生方は顧客と揉めた。リーマンショックで暴落した株の補塡を迫られた。顧客は神俠会幹部の企業舎弟や。で、わいが話をつけた」

ことをなげに言った。

白岩のまわりにはそういう連中がごろごろいる。白岩が連中に恩を着せることはないが、だからこそ連中は恩義を胸に抱く。義理人情とはそういうものだ。

白岩が腕組みを解き、カネを手にした。

「そっくり渡してええか」

「ああ。経費は別途払う。調査対象者は東京に戻ってからここにファクスで送る。ただし、あまり時間がない」

「生方に会う気はないんか」

「おまえの縁や」

頷き、白岩が携帯電話を手にした。

「わいや……あした、昼飯を食おう……わかった。わいが北浜にでむく。あの鰻屋でええか……忙しいときに済まん」

通話を切り、白岩が目を合わせた。

「きょうはこれまでか」

「ああ。腹が減った。珉珉に行こう」

「ええのう」

白岩の顔がほころんだ。

学生のころ、曽根崎の『珉珉』にはよく通った。餃子はごちそうだった。ジンギスカンもレバニラ炒めも舌が味を覚えている。パチンコで儲けたときは二人で腹がはち切れるほどの量の餃子を食べた。

玄関を出ると、坂本が待ち構えていた。右手に車のリモコンキーをさげている。

「珉珉に乗りつけるんか」

笑って言い、白岩が歩きだした。

五分もあれば店にたどり着く。

坂本があわててあとを追う。

鶴谷はにこにこしながら歩いた。

あすは、寝不足で新幹線に乗るはめになりそうだ。

十二時十分新大阪発東京行きに乗った。

のんびり朝風呂に浸かっても体内のアルコールはぬけなかった。それでも、気分は悪くない。白岩と飲む酒は格別である。『珉珉』でたらふく食べたあと、北新地へ足を運んだ。歩いても行ける距離である。堂島上通りの『grand bar』で咽を潤してからクラブをハシゴし、最後はバー『てふてふ』でカラオケをたのしんだ。京都風のおちついた佇まいの店で、ママがひとりで接客するため客はひと組しか入れない。めずらしく白岩が酔いつぶれたので、午前二時にはホテルに戻った。

ＪＲ品川駅で下車し、タクシーで港区白金の自宅マンションに帰った。

サンルームを占拠する水槽に棲む大正三色の錦鯉をしばらく眺めてから着替えを済ませ、ベランダに出た。円形の蓋を開け、階下のベランダに降りる。

藤沢菜衣《ふじさわさえ》が窓を開けて待っていた。

「お帰り」

菜衣の目が糸になる。

菜衣の笑顔は見飽きるということがない。いつも心が凪ぐ。

――光義なら引退しても食うに困らん――

――あほなことを……あいつの板前姿など、見とうもない――

――わてはそれでもええ。ただし、女将がおればやけど――

花房と姐のやりとりを思いだした。

引退のときは必ず訪れる。そのとき、菜衣との仲はどうなるのか。不意にうかび、あわてて頭をふった。これまで考えたことがなかった。そもそも、あすのわが身を思うこともないのだ。

その様子がおかしかったのか。くすっと笑い、菜衣がきびすを返した。

菜衣は来年の正月三日で四十四歳になる。知り合って十五年が過ぎた。目が合った瞬間、恋におちた。当時は銀座の老舗クラブのホステスだった。同居して三年が経ったある日、「銀座にお店を持ちます」と言われた。声と目に並々ならぬ決意を感じた。いずれ独立するだろうとは思っていたけれど、突然の決意表明におどろいた。あれこれ悩んだ末、別れる決心をした。理由はある。が、いま思えば、こじつけのような気がする。自分が臆病者なのは確かだ。菜衣は、理由を訊かず、愚痴も不満もこぼさずに受け入れてくれた。別れると決めても、縁を切ることはできなかった。男女の仲はおわっても、捌き屋稼業のパートナーとして欠かせない存在になっていた。そのことは正直に話した。菜衣はそれも受け入れた。

鶴谷は、マンション二戸を購入し、階下の部屋を菜衣の名義にしたのだった。

リビングに入り、いつものソファに胡座をかいた。

煙草をふかしている間に、菜衣がキッチンから戻ってきた。

「お客様に奈良の富有柿《ふゆうがき》をいただいたの」

白磁の皿と湯呑茶碗を置き、ソファに腰をおろした。

「どうだったの。お仕事になりそう」

鶴谷は煙草を消し、柿をつまんだ。ほどよい熟れ具合だった。

「これから検討する」

「どこの会社なの」

菜衣には、「依頼が来て、これから大阪に行く」とだけ告げていた。帰りの新幹線の車中では、「四時ごろ、部屋に行く」とメールを送った。

「大京電鉄や」

「都内にも大京電鉄系列のホテルが増えているそうね」

「閻魔帳《えんまちょう》に大京電鉄の名はなかったと思うが」

菜衣は、来店した客の名前と席での様子を日記に綴っている。鶴谷はそれを閻魔帳と称している。捌き屋にとってリアルタイムの貴重な情報である。銀座八丁目にあるクラブ『菜花《なのはな》』には多くの企業人が足繁く通っている。

「帝都電鉄の役員がいろいろ教えてくださるの」

「今回は閻魔帳も役に立たんかもしれん」

菜衣が眉尻をさげた。

「大阪でのトラブルや。相手は西本興業……菜花とは無縁やろ」

「そうね」

菜衣は芸能人やスポーツ選手の来店を歓迎しない。シャンパンを何本も空け、ばか騒ぎする連中が嫌いなのだ。店の雰囲気を損ねる。

目を伏せていた菜衣が顔をあげる。目に光が戻った。

「西本興業の情報は入るかもしれない」

「どうやって」

「関東テレビよ。西本興業は関東テレビの株を所有していると聞いたことがある」

「関東テレビの役員が菜花の客だったな」

「滝川さん。執行役員で、番組編成局のトップよ」

思いだした。が、これまで稼業でテレビ局と絡んだことはない。

菜衣が言葉をたした。

「株主というだけじゃない。大阪の近畿放送は関東テレビの系列でしょう」

「なるほど」

鶴谷は目をぱちくりさせた。

菜衣は頭の回転が速い。何より、記憶力が優れている。

「トラブルのタネは何なの」

「大京電鉄と西本興業は夢洲を舞台に共同事業を進めていた。それを、西本興業が一方的に破棄したらしい」

「大京電鉄にそうされる理由があるの」

「ないそうだ。その点は西本興業側も認めていると聞いた」

「ひどい」

語気を強め、菜衣が眉を曇らせた。

鶴谷はあたらしい煙草をくわえた。ふかし、話しかける。

「怒るな。理不尽が罷り通るから、俺の出番がくる」

「そうだけど……わかった。わたしにできることを言って」

「これから情報を集め、精査する。必要があれば、頼む」

「依頼を請けるかどうか、決めてないのね」

「来週末までに返答する」煙草をふかした。「晩飯を食うか」

「ごめん。お客さんと約束がある」

「そうか」

あっさり返した。

約束は守るためにある。

相手が誰であれ、約束したことは果たし、筋目を通す。

自分にできるのはそれしきのことである。


銀座花椿通りのビルにある『BAR OZAWA』に入った。まもなく午後九時になる。

カウンター席の手前に先客が三人。女をはさんで、たのしそうに話していた。

「鶴谷さん、いらっしゃいませ」マスターが笑顔で言う。「おひとりですか」

「待ち合わせよ」

「奥を使われますか」

カウンターが八席、奥には六、七人が座れるボックス席がある。

首をふり、カウンター奥の席に腰かけた。

スコッチのオンザロックを頼み、煙草を喫いつける。

「景気はどうや」

「おかげさまで。何とかやっていけそうです」

開店して一年半が過ぎたという。鶴谷は菜衣に連れてこられた。

バカラのグラスをゆらしているとき、扉が開いた。

東和地所の杉江がやって来て、となりに座った。

「遅くなりました。食事の誘いをことわって申し訳ないです」

「気にするな。俺の気まぐれや」

菜衣の部屋を去ったあと、杉江の携帯電話を鳴らした。

大京電鉄の石崎と面談したことを報告するつもりはない。飯を食う相手がほしかった。誰でもいいというわけではない。食事を共にする相手によって、料理の味が変わる。五感はすべてつながっているのだ。

――すみません。先約があります。九時過ぎにお会いできませんか――

杉江に言われ、『BAR OZAWA』で待ち合わせることにしたのだった。

電話を切って身支度を整え、六時過ぎに九段南の病院を訪ねた。

「退屈です」

顔を合わせるなり、木村が言った。

懇願するようなまなざしだった。夢洲で開催される日本国際博覧会と、大阪府市が誘致をめざすカジノをふくむＩＲに関する資料を読み漁《あさ》っているという。

「そんなものを読むからや」

笑って窘《たしな》めたあと、大京電鉄本社での石崎とのやりとりを話した。白岩の伝《つて》で、KRKに調査を依頼したことも教えた。隠すようなことではない。

木村がタブレットを手にした。

部下に、KRKに関する情報を集めるよう指示したのか。だとしても、好きにさせる。鶴谷は、依頼主であろうと、仕事の協力者であろうと信用しない。盟友の白岩が信頼する相手であってもおなじことだ。

木村はそれを知っている。

この先の予定を話し、仕事にとりかかる準備だけはしておくよう指示した。それで多少なりとも木村の気分はおちつくだろう。

三十分ほど経って、若い女が入ってきた。

「娘の紗希です」

初対面だが、木村に教えられるまでもなかった。顔の輪郭がよく似ている。来年春に大学を卒業し、IT関連の企業に就職するという。

娘の康代と同い年か。康代は家業を継ぎ、蕎麦屋の若女将になるそうだ。

娘と立ち話をして病室を去った。

杉江が水割りのグラスを手に顔をむけた。

「食事は済まされたのですか」

「ひとりで鰻を食った」

「ひら井の肝焼きは絶品ですよね」

鶴谷は肩をすぼめた。

行動パターンを読まれている。銀座三丁目の『ひら井』は鶴谷がひとりでも入れる店のひとつで、杉江を連れて行ったことがある。病院から『ひら井』に移動し、カウンター席でカワハギの薄造りと鰻の肝焼きを肴に酒を飲んで時間を潰した。

美味そうに水割りを飲み、杉江がグラスを置く。

「むこうで不手際はありませんでしたか」

「ありそうなやつを紹介したのか」

「気になる性分でして」

杉江が苦笑をうかべた。

「専務の石崎から話は聞いた。来週末に返事をする」

依頼の内容は教えない。筋目を違える。

その点については杉江も理解している。

「わたしにお手伝いできることはありますか」

「…………」

鶴谷は首をひねった。

自分の気性や信条をわかっていながら言う台詞ではない。

右腕で頬杖をつき、煙草をふかした。

杉江が続ける。

「わが社も万博会場にパビリオンをだすことになりました」

「…………」

「あす、現地で行なわれる参加企業の会議に出席します」

「万博を担当するのか」

「はい。ですから、大京電鉄の件とは関係なく、関西財界の動きや、夢洲のことでお知りになりたいことがあればおっしゃってください」

「その必要があれば……あしたは泊まりか」

「二泊三日の予定です。あすはハイアットリージェンシーで会議を行なったあと、梅田に移動して懇親会。翌土曜は関西財界の方々とゴルフをします」

「たのしそうやな」

「むこうでも鶴谷さんと遊べたら、もっとたのしくなると思います」

「悪趣味や」

杉江はにこにこしている。

「むこうでお勧めの店はどこですか」

「親睦会があるのやろ」

「パーティーは苦手でして。早々に退散するつもりです」

「堂島上通りの grand bar で訊け。マダムの五月は北新地の古狸や。好みの女を言えば、いい店を紹介してくれる」

「grand bar には女性がいないのですか」

「三十人ほどいる。粒ぞろいよ。おまけに料金はクラブの半額以下や」

「いいですね」

杉江が声をはずませた。

「いらっしゃいませ」

マスターとバーテンダーの声がかさなった。

「あら、杉江さん」

女の声もはずんだ。

満面に笑みをうかべ、菜衣が近寄ってきた。

約束していたわけではない。

杉江のとなりに座り、菜衣が顔をむける。

「お店がおちついたので息抜きに来たの」

「ラッキーです」杉江が言う。「銀座もたのしい」

「ほかにもたのしいところがあるのですか」

菜衣の瞳が端に寄った。

鶴谷は、頬杖を左腕に変えた。

★　　　★

曾根崎の露天神社《つゆのてんじんしゃ》、通称、お初天神の境内に足を踏み入れれば背筋が伸びる。

縁結びの神様だが、白岩にとっては花房組の守護神である。先代の花房も組事務所に入る前は必ず露天神社に詣で、組の安泰と繁栄を祈願したという。

鈴を鳴らし、柏手を打ち、深々と頭《こうべ》を垂れた。

路地の石畳を歩き、近くにある蕎麦屋の暖簾《のれん》をくぐった。

「いらっしゃいませ」

元気な声が店内に響いた。

先客は三組、五人。昼の書き入れ時は過ぎたか。紺地の久留米絣に赤い襷《たすき》を掛けた三人の女がテーブルを片付けている。

白岩は笑みを返し、奥の小座敷へむかった。

康代がお茶を持ってきた。

子どものころは母親似だったが、大人になるにつれ父親の鶴谷に似てきた。

「すっかり若女将やのう」

「ほんま」語尾がはねた。「おじさんにそう言われるとうれしいけど……お店を切り盛りするの、むずかしいわ。おかあさんの苦労が身に沁みてきた」

「卒業はできるんやろな」

「あたりまえやない」

康代が小鼻をふくらませた。来春、京都の大学を卒業する予定である。

「雑魚天《じゃこ》と玉子焼き、鴨はあるか」

「いいのがあるよ」

「タレつけて焼いてくれ」

「ひとりでそんなに食べられるの」

「金子がくる。冷酒を二合瓶で」

康代が伝票にボールペンを走らせる。手を止め、顔をあげた。

「ツルコウは元気なん」

鶴谷のことだ。白岩と康代が使う符牒のようなものである。

「憎まれ者、世に憚る。わいとおなじよ」

康代がにこりとした。

「捌き屋は憎まれ者やけど、極道は嫌われ者と違う」

「おっしゃるとおりや」

「けど、うちは心強い。父親と後見人……恐い者なしや」

笑顔を残して厨房に消えた。

康代と入れ替わるように金子がやってきた。

こちらはしかめ面をしている。

「兄貴、遅れて済まん」

言って、金子が正面に座した。

二時間ほど前、金子から電話があった。

康代が戻ってきた。

「金子のおじさん、こんにちは」

「おお、康代ちゃん、きれいになったな」

「前からやん」

あっけらかんと返し、冷酒とぐい呑を置いて去った。

白岩は小瓶を持ち、差しだした。

「なんぞ、わかったんか」

「ああ。兄貴の役に立つかどうか、わからんが」

金子がぐい呑を手にした。注がれた酒をあおるように飲む。

「経営陣が変わっても、西本興業と神俠会の腐れ縁は続きそうや」

「柳井組との縁か」

「そうや。社長から会長になった古谷と柳井組の清原組長の仲の良さは誰でも知っている。が、もうひとり、清原と急接近しているやつがあらわれた」

「何者や」

「野添という男で、先の役員刷新のさい、エンターテインメント部署担当の平取《ひらとり》から常務に昇格した。会長の側近らしい」

「そいつから清原に近づいたのか」

「はっきりしたことはわからん。が、どうせ会長の縁やろ」

「古谷は会長に退いても社の実権を握っているのか」

「力は残っていると思う。功労者や。社長時代、西本興業の業績は好調やった」

「野添と清原の仲を教えろ」

「二人が難波やミナミを飲み歩くようになったのはここ一、二年のことらしい」

「行きつけの店もわかったか」

「ああ。野添が通っている店は、キャバクラが二軒、クラブが三軒……ほかにも顔をだしているようやが、ウラはとれてない」

「店の関係者から話を聞いたか」

「もちろんや。ぬかりはない」目で自慢する。「キャバクラのホステスによれば、野添は女好きで、となりに座った女は片っ端から口説き倒している。万札を女のドレスの胸元に差し込むのを見たとも言った。そのくせ、女以外にはケチで、飲食代金はいつも同伴者が払うか、取引先の会社に請求書を郵送させるそうな」

立て板に水のように喋り、金子が箸を持った。

金子が話している間に、雑魚天と玉子焼きが届いた。

白岩は雑魚天をつまんだ。

「その店、清原とも行くのか」

「それよ。この数か月は二人でくることが多くなったそうな」

「払いは」

「二回に一回は清原、あとは近畿放送に送っている」

金子が断定口調で言った。

コネとカネを使って情報を集めたのは想像するまでもない。

白岩はズボンのポケットに手を入れた。百万円を金子の前に置く。

「何するねん。俺と兄貴の仲やないか」

「それとこれとは別や。わいはしのぎを懸けとる」

金子が顔を近づけた。眉間が寄っている。

「西本興業を食うのか」

「まずは、カネを収めろ」

金子がジャケットの内ポケットにカネを入れた。

康代が鴨の照焼きを運んできた。焼き葱が添えてある。

白岩は七味唐辛子をふりかけた。ひと切れ食べて視線を戻した。

「鶴谷が的にかけるかもしれん。そうなれば、わいは側面支援よ」

鶴谷のしのぎの中身を他言するのは気が引ける。が、話さなければ、金子が邪推する。あげく、身体を張ることにもなりかねない。金子は頭が切れ、商才もある。気性の荒さが欠点で、手綱を締めていなければ暴走してしまう。

「無茶やで」

つぶやき、金子がため息をこぼした。

金子も石井も白岩と鶴谷の仲は知っている。鶴谷が大阪にいたころはよく四人で夜の街を遊び歩いたものだ。

「西本興業はお化けや。四方八方に違う顔を見せる。企業としては褒められたものやないのに、底知れぬ存在感があるのもそのせいや。鶴谷といえども……いや、理詰めで動く鶴谷やさかい、お化け企業には勝てん」

「鶴谷に、勝ち負けは関係ない」

「おかしなことを言うのう。ほな、何のための捌き屋稼業や」

「請けた仕事をやり遂げる。やつに言わせれば、結果を求めて仕事をするわけやないと……約束を守る、筋を通す……それがやつの信条よ」

「いまどき流行《はや》らん」吐き捨てるように言い、金子が咽元をさらして酒を飲む。「平成もおわり、令和やで。昭和の魂は通用せん」

「嫌いやないやろ」

「ああ。そやさかい、鶴谷には生きてほしい」

「心配するな。わいが付いとる」

「なおのこと、心配になるわ。ええか、兄貴。俺も石井の兄弟も兄貴にはてっぺんに立ってもらいたいのや。そのためなら、俺は命も惜しまん」

「おい」

白岩は左肘をテーブルに乗せ、目でも凄んだ。

「おまえらの願望のために、かけがえのない友を見捨てえ言うんか」

「そんなことは言うてない。ただ、兄貴の身体は兄貴ひとりのものやない」金子が前のめりになる。「頼む、兄貴。鶴谷に手を引かせてくれ」

「それはできん。やつの信念や信条は尊重する」

「そうかい」

投げやり口調で言い、金子が鴨肉を二切れ三切れと食べる。葱もたいらげた。その間にも、目は忙しなく動いていた。

白岩は顔をしかめた。

金子の二の句は想像できる。座の空気をゆらしたくなり、康代を呼んだ。

「酒をもう一本。ざるそばも頼む」

康代はテーブルを見ている。

「どうしたん。こんなに残して……悩みでもあるの」

「悩みのない人生はつまらん」

「はあ」康代がぽかんとした。「好きにして」

あきれたように言い、康代が背をむけた。

白岩は煙草を喫いつけた。

康代と話しても、間の悪さは変わらなかった。

金子が口をひらく。

「鶴谷のことはもう言わん。兄貴も好きにしたらええ」

穏やかなもの言いに変わった。

白岩はあとの言葉を待った。

「そやさかい、俺の信念や信条も尊重してくれ」

想像どおりの言葉だった。

「先走るな。鶴谷は、まだ依頼を請けたわけやない。請けたとして、やつがどう動くのかもわからん。絵図も見えんうちに覚悟を決めてどうする」

「わかっとる。俺が言うたんは、最後の最後の話や」金子が右手で胸にふれる。「カネを受け取った。鶴谷がしのぎを懸ければ協力する」

「せんでええ。そのカネはわいの気持や。鶴谷が依頼を請けるかどうかの判断材料にするため、おまえにむりを頼んだ」

「ほな、兄貴に協力する。それで、筋はとおるやろ」

「…………」

白岩は肩をすぼめた。

何を言ってもむだである。が、安堵の気持もめばえた。手綱は放していない。

「そうや」金子が目を見開いた。「もうひとつ、情報がある。清原は本家の若頭補佐に昇格するらしい」

「早いのう。本家直参になって六、七年やろ」

清原は柳井組の跡目を継いださい、神俠会本家の若衆として盃を直した。

五十五歳になったか。四十手前で柳井組の若頭に就いたころ、稼業の義理掛けの席で何度か顔を合わせた。ぎらぎらとした目つきが印象に残っている。清原が神俠会の直参になってからは顔を見ていない。

「カネよ。三年前、幹部に抜擢されたときも、清原は三千万円を本家に上納したという話や。今度は五千万円か。別途、会長と若頭に袖の下を渡したのかもしれん」

「そんなに羽振りがええのか」

「特殊詐欺の元締とのうわさが絶えん。兄貴も知ってのとおり、先代までの柳井組は賭博と覚醒剤が主な資金源やった。野球賭博の胴元としては関西一やが、清原はそれだけでは生き抜けんと……振り込め詐欺だけやない。金融にマルチ、婚活に通販……詐欺と名のつくものには何でも手をだしているそうな」

「始末に負えんダボハゼやのう」

独り言のように言った。

事実なら外道の極みである。が、極道も外道、とやかく言うのはおこがましい。

康代が二枚のざるそばを運んできた。

「辛味大根にしたよ。これ食べてしゃきっとして」

「気が利くのう」

ようやく顔が弛んだ。

揃いのオーバーオールを着た男女がワゴン車に花束を積んでいる。

白岩は後方から近づき、声をかけた。

「配達か。精がでるのう」

女がふりむく。

「こんにちは」

男も顔をむけた。

ボタンダウンのシャツも格子の色が異なるだけで、スニーカーもおなじである。

白岩は頭上を見た。

太陽は見えなくても空はあかるい。北新地の街がめざめるにはすこし早い。

男が声を発した。

「淀屋橋を経由して、北浜まで行ってきます」

「ほう。そんなところまで」

「時間にもよりますけど、往復一時間以内ならどこへでも」

言って、男が運転席にまわった。

ワゴン車を見送ったあと、店内に入った。

女は休むことなくショーウィンドーの中で飾り付けを始めた。

白岩は奥のスタッフルームを覗いた。

入江好子がデスクのパソコンと向き合っている。

「どうした。風邪か」

好子が手を止め、こちらを見た。顔の半分がマスクに隠れている。

「そうみたい。でも、たいしたことはないの」

「朝晩は冷えてきたからな」

白岩はスチールデスクに腰かけた。

好子がちいさなキッチンに立ち、お茶を淹れて戻ってきた。

「気が弛んだのかも」

「何でや」

好子がちらりと店内のほうに目をやった。

「あの子たちが日々成長しているのを見て」

「あと半年か」

ぼそっと言い、湯呑茶碗を手にした。

若い二人の店員は来年四月に結婚する。同時に、この店の経営者になる。ひと月ほど前、権利譲渡の契約を交わした。雑居ビルのオーナーにその旨を報告し、賃貸契約書を作成し直すことで合意している。はずれとはいえ、北新地の一角にあるのだから契約金も安くはないのだが、好子は、二人の希望をすんなり受け入れた。頭金は五百万円、残りは十年間の分割払いで合意したという。

事前に好子から相談されたが、その件には口をはさまなかった。出資者であっても経営権は開店当初から放棄している。

マスクをはずし、好子もお茶を飲んだ。

「鶴谷さんが来ていたそうね」

「先代に聞いたんか」

「おかあさん。きのう、電話がかかってきた」

好子は、花房夫妻をおとうさん、おかあさんと呼んでいる。

「なんぞ、あったんか」

好子が首をふる。表情が弛んだ。

「三国温泉に行こうって誘われた」

「ええところや。のんびりして来い」

三国温泉は福井県の海沿いに位置し、近くには名勝東尋坊がある。

「おとうさんのかつての身内の方が民宿をやっているそうね」

「ああ。人情のあるお人や。それに、この時季は越前ガニが食える」

民宿の主人は、白岩が花房組の跡目を継ぐまでは兄貴分だった。花房は、彼を舎弟にするつもりだったが、心臓病を患ったのを理由に引退、女房の実家の古民家を改修し、民宿経営を始めた。温泉街のはずれだが、湯を引いてある。開業時、花房も白岩も世間の目を気にして駆けつけず、祝儀だけを届けた。花房が引退後、ひまな月曜日に夫妻の伴をして足を運んだことがある。

「たのしみ。でも、来週金曜から二泊三日なので、ちょっと心配」

「店か。二人にまかせろ。ええ経験や」

「そうね」つぶやき、小首をかしげる。「じつは、二人に頼まれているの。お店を譲渡したあとも、手伝ってほしいと」

「あまやかすな」

「そうは言っても……仕入れはできるだけ二人にまかせるようにして、ひまな時間帯は帳簿の付け方なども教えているんだけど、商売はそれだけではないし」

「何がある」

「大事なのは人とのつながり……お客様と良好な関係を築くことよ」

白岩は頷いた。

おっしゃるとおり。何も商売人にかぎったことではない。北新地の住人たちが好子の人柄を気に入り、長いつき合いになったことはあちこちから耳にしている。

ふと、走り去るワゴン車がうかんだ。

「遠くまでに配達しているようやが、売上がおちたんか」

「そうじゃない。時期的なものもあるけど、売上はずっと安定している。あの子らはお店やお花のことを日記のようにＳＮＳで発信していて、興味のある方や応援したいという方から注文があるのよ」

「………」

白岩は肩をすぼめた。

ネットの世界には興味がない。そもそもスマートフォンを持っていない。パソコンにもめったに近づかない。必要があれば、好子や坂本を頼る。

ＳＮＳで義理人情が育まれるのか。意思は嚙み合うのか。

声にはしない。人それぞれである。

「で、手伝うのか」

「あの子らの気持を無下にしたくないし、アルバイトで働こうかと思っている。それなら、おとうさんたちのお世話もできるし」

花屋を辞めたら、花房夫妻の面倒を見る。

店の譲渡話がでる以前から、好子は口癖のように言っていた。

「おかあさん、あなたに声をかけなかったの」

「ん」

「三国温泉よ」

「稼ぎ時の週末に、極道面は見せられん」

あっさり返した。

花房夫妻は鶴谷が大阪入りすると予測して、声をかけなかったのだ。

その話をすれば、好子が気にする。捌き屋稼業がどういうものか知っている。のんびりと湯に浸かっていられないだろう。


北新地本通りを御堂筋へむかって歩き、タクシー会社の前を右折した。路地角を二つ越した先に堂島川の堤防が見える。

白岩は、その手前にある『ＡＮＡクラウンプラザホテル』に入った。

まもなく午後五時になる。一階ロビーは待ち合わせの人で混んでいた。その割にロビー奥のラウンジは空席が目立った。

壁際の客席の男と目が合った。

ＫＲＫの生方秀夫である。ベージュのシャツにブラウンのジャケット。紺色のアスコットタイを巻いている。やや小柄で、顔はちいさい。利発そうに見える顔と歯切れのいい話し方が相手を安心させるのか、証券マンのころは顧客に恵まれていた。

正方形のガラスのテーブルに、椅子が四つ。ゆったりと配してある。

白岩は、生方を左に見る席に座った。そのほうが話しやすい。

鶴谷の前で生方に電話をかけて一週間が過ぎた。きょう昼過ぎに生方から連絡があり、北新地で待ち合わせることにしたのだった。連絡がなければ白岩のほうから電話をかけていた。あすかあさってには鶴谷がやってくる。前夜にかかってきた電話で、鶴谷は「ことわるにしても、顔を見て話すのが礼儀や」とも言い添えた。

ウェートレスにコーヒーを頼み、生方と目を合わせた。

生方が人懐こい笑顔を見せる。

「赤がお似合いですね」

「もっとしゃれたお世辞は言えんのかい」

ぞんざいに返した。

白のハイネックシャツに朱赤のセーター。ダークグレーのズボンに黒のバックスキンのローファーを履いている。いつもより控え目な身なりだ。

コーヒーを飲み、生方がカップをソーサーに戻した。

「ある程度の情報が集まりましたのでご連絡しました」

生方は標準語を使う。証券会社の東京支社にいたころ、東京の上司に関西弁は使うなと指導され、大阪本社に戻ってからも標準語を使うようになったという。

生方が封筒を差しだした。

二十枚ほどの報告書をぱらぱらとめくり、すぐに顔をあげた。

「万博開催にむけての準備は順調か」

「はっきりしたことは言えません。これまで府市は進捗《しんちょく》状況を公表していません。建設費は約千二百五十億円。それを、国と府市、経済界が三分の一ずつ負担する……決定しているのはそれだけです。過去の大型公共事業を見ても、予算内で収まったことはない。府市は、あらゆる事態を想定し、慎重に作業を進めているものと思われます。最近になって、府知事や市長が、万博を成功させるには国との連携強化が不可欠だと発言しているのもその表れだと思われます」

「関西の経済界はどうや」

「鼻息は荒いけれど、資金繰りに関しては行政とおなじです。ただ、関西経済振興協会だけはマスメディアにむけて積極的に発言し、とくに、振興協会の会長は具体的な数字も示しています。会長は六角電気工業の社長なので、六角グループの意思表示の意味もあるのでしょう」

旧六角財閥から発展した六角グループは、自他ともに認める関西経済界の盟主である。単一企業毎の業績はさほどでなくても、関西経済界における六角グループの存在感は際立っている。

白岩は視線をおとし、コーヒーを飲んだ。

ここまでは話のとりつきである。おおきく首をまわし、生方を見据えた。

「電鉄業界の話を聞こう」

「報告書に記したとおり、夢洲への路線延伸計画を発表した三社……大阪メトロ、JR西日本、大京電鉄にあらたな動きはありません」

「大京電鉄が夢洲に複合ビルを建てるという話を耳にした」

「それは、わたしも耳にしました。しかし、願望でしょう」生方が薄く笑う。「すでに大阪メトロが新設される夢洲駅にランドマークタワーを建設することを公表しています。大阪市が大京電鉄の要望を受け入れるとは思えません」

白岩は首をひねった。

──大京電鉄は大阪万博の跡地にレジャー施設をふくむ複合ビルを建てる予定で、大阪市とは五十年間の賃貸契約で基本合意に達しているそうや──

鶴谷の話と異なる。

生方は、複合ビルを万博跡地に建てるということを知らないのか。

疑念に蓋をし、話を前に進める。

「鉄道三社がＩＲ事業に参入する可能性はあるか」

「ないです」きっぱりと言う。「具体的な企業名は表にでていないけれど、ＩＲ事業に関してはすべて内定済み……関西経済界もその点ではおなじ見解です」

「内定をだす前から動いていたとも考えられるやろ」

生方が首をふる。自信ありそうな顔をしている。

「そういう情報は得ていません」

「…………」

白岩は首をかしげた。

取って付けたようなもの言いに聞こえた。

生方は誰からの受けも良いようだが、悪くいえば八方美人。皆にいい顔を見せたがる。根が臆病で、保身の塊なのだ。他人に嫌われるのを恐れる。自分が不利な状況に置かれたら、安全な場所に逃げ込むか、護ってくれる人物にすがりつく。

頼みもしない情報を運んでくるのは、そのときのための布石のようなものである。己を利すると思えば擦り寄り、不利になりそうならさっと離れる。

こずるい輩は何人も見てきた。しかし、一々頓着はしない。ある意味において自業自得。白岩はそうされやすい世界に生きている。

生方の気性は見定めているつもりでも、それで縁を切ろうとは思わない。生方の窮地を救ったのは事実だが、いい思いもした。生方がくれる情報は精度が高く、それを元にしのぎを懸け、カネを手にしたこともある。

仕事と割り切っているから、鶴谷に推薦するのもためらわなかった。

生方が顔を寄せた。

「白岩さんは、どこかの企業を的にかけているのですか」

「あほなことをほざいたらあかん。わいは、まっとうな極道や。どなた様から相談が来てもいいよう、情報を集め、準備しておくのが務めというものよ」

「勉強になります」

「お為ごかしもいらん。おまえは、わいよりはるかに世渡り上手や」

「恐れ入ります」

生方がうれしそうに言った。

得な性分である。皮肉のひと言も、自分に都合のいいように受け取る。

白岩は煙草を喫いつけた。ゆっくりふかし、話しかける。

「西本興業のほうはどうや。うわさはまんまか」

二日前に金子から電話がかかってきた。

――万博会場のイベントは西本興業が仕切ると、野添が吹聴しているそうな――

それを聞き、生方に追加の依頼をしたのだった。

「その件につきましては調査中でして、確かなことは言えません。が、西本興業がショービジネスとして万博に参画しようとしているのは事実のようです。日本国際博覧会協会と行政に接触しているとの情報もあります」

「興行権を手にできるとは思えんが」

「同感です。万博会場には複数のイベント会場ができる予定で、そこに国内外の著名人が出演すれば高い集客効果を期待できます。国内では有数の芸能プロダクションとはいえ、西本興業が世界を相手にショービジネスを展開できるか、甚だ疑問です」

「イベントプロデュースに意欲を見せている企業はあるか」

「アメリカの大物プロモーターやエンターテインメント企業が動いているようです」

「カジノとおなじ……その分野で日本の企業は太刀打ちできんな」

「ええ。実績も資金力も桁違いの差があります」

「…………」

白岩は口をつぐんだ。

そんなことは西本興業も重々承知ではないのか。

そのひと言は胸に留めた。

西本興業の話題を引きずれば、生方が勘ぐる。すでに目の色が変わり、口調は熱を帯びかけている。

話しかけられる前に、言葉をたした。

「引き続き、調査を頼む」

白岩は封筒をテーブルに置いた。百万円が入っている。

生方が目をぱちくりさせる。

「依頼料や。経費は請求書を送ってくれ」

生方が封筒を開いた。

「こんなに……受け取れません」

「そうはいかん。口止め料込みや」

「ご安心を。白岩さんにご迷惑はおかけしません。ですから、どうぞお気遣いなく。調査にかかった費用だけは後日、請求させていただきます」

「差しだした手を引っ込めろと言うんかい」

目でも凄んだ。

生方が眉尻をさげた。困惑というより、思案する顔に見える。

「そのカネで、ゴチになってもええ」

「そうですね」表情が一変する。「こんやは社長をやらせてください」

「とりあえず、飯や。カレーうどんを食いに行こう」

「はあ」

生方が間の抜けた声を発した。

近くにある細うどんの店『黒門さかえ』のカレーうどんは絶品で、品数豊富な単品料理も口に合う。早い閉店時間だけが玉に瑕《きず》である。

★　　★

大阪駅直結のホテル『グランヴィア大阪』の十九階カウンターに荷物を預け、タクシーで本町へむかった。

前日入りする予定だったが、菜衣が高熱を発したので変更した。風邪をこじらせたようだ。何の役にも立たないが、そばにいてやりたかった。注射と処方薬が効きだしたのか、午前二時ごろには三十七度までさがり、菜衣は寝息を立てた。

階上の自室に戻って翌日の支度をした。寝たのは午前四時である。七時に起き、九段南の病院で木村と打ち合わせをしてからＪＲ東京駅にむかったのだった。

御堂筋の街路樹に無数のＬＥＤ電球が取り付けてある。御堂筋のイルミネーションは大阪の風物詩のひとつになった。一週間前はどうだったか。記憶が曖昧なのは鈍感になったということか。気持に余裕がなくなったということか。

流れる街の景色をぼんやり眺めているうちに大京電鉄本社の前に着いた。

前回とおなじ応接室に案内された。立って待ち受けていたのもおなじ顔ぶれ、専務取締役の石崎が満面に笑みをうかべた。

「ご足労いただき恐縮です」

「なんの」

さらりと返し、ソファに座った。デイパックを脇に置く。

石崎が真顔に戻し、朗報を期待するようなまなざしで鶴谷を見つめている。

執行役員の辻端の目は不安そうだ。

きのうの午前中に、「あすの一時、御社に参上する」と電話で告げるまで、石崎とは連絡をとらなかった。きょうは前回の面談で約束した十一月二十二日である。

鶴谷は、石崎に話しかけた。

「その後、進展はあったか」

「いいえ。正直に申せば、依頼したあなたに失礼ながら、前回の面談の翌日と翌々日に西本興業と接触を試みました。が、弊社との共同事業を担当していた野添常務は不在で、携帯電話にかけてもでていただけませんでした」

「失礼やない。誰でもそうする。で、いまの心境は」

「まな板の鯉です。腹は括りました。あなたが頼みの綱です」

話している間に女がお茶を運んできた。

鶴谷は煙草を喫いつけた。女が去るのを見届け、口をひらく。

「返答をする前に、訊ねたいことがある」

「どうぞ」

「西本興業は、万博への事業参画をめざしていると耳にしたが、知っているか」

「存じております」

「どういう形での参画や」

「万博会場で行なわれるイベントのプロデュースを統括したいと……野添常務と食事をしたさい、そんな話を聞きました」

「…………」

鶴谷は煙草で間を空けた。

白岩との電話でのやりとりがうかんだ。

「野添と夜の街で遊んだことはあるか」

「はい、何度も」

「場所は。どんな店や」

「ミナミがほとんどでした。あの方は遊びなれているようで、どこの店でも顔と名前を知られていました」

「店名は憶えているか」

「何軒かは……正確を期するため、経理に確認してもよろしいでしょうか」

頷くと、石崎がテーブルの電話機の受話器を持った。

一分ほどのやりとりで受話器を戻し、視線をむける。

「二、三十分はかかるようです」

「かまわん。野添との飲食代金はすべて御社が支払ったのか」

「そうです」

「同伴者もしくはどこかの店で誰かと合流したことは」

石崎が小首をかしげ、ややあって口をひらいた。

「仕事の話があるので食事はいつも二人でした。深夜に河岸を変えたとき、何度かクラブやキャバクラの女性が一緒でした」

「その子らの顔は記憶にあるか」

「すみません。とんと縁がないもので」

「好みの女ではなかったというわけか」

「そういうことでは」

うろたえるように言い、石崎が苦笑した。

ふかした煙草を灰皿に消した。

「話を戻す。イベントプロデュースの話を聞いたのは一度きりか」

「はい。あのときはたしか、野添常務は上機嫌で、饒舌でした。もしかしたら、西本興業の極秘事案だったのかもしれません」

「あんたは興味を示さなかった」

「そのとおりです」

「どうして」

「共同事業とおなじ夢洲が舞台であっても、時期が異なります。計画が順調に進んだとして、複合ビルの完成は二〇二六年の秋……万博はおわっています」

「半年かぎりのお祭り騒ぎには興味がないのか」

「企業と致しましては……弊社は万博に出展する予定もありません」

「協賛もしないのか。大阪の名門企業として、それで罷り通るのか。複合ビルの件で行政と交渉している手前もあるだろう」

「おっしゃるとおりです。それで、万博協会には多額の寄付をしました」

「幾ら」

「三千万円です」

「額面は協会の要望か」

石崎が眉を曇らせる。

「行政からの要望やな」

くだけた口調で言い、鶴谷は目元を弛めた。

「打診はありました」声音が弱くなった。「しかしながら、金額の提示はなく、額面は弊社の役員会議に諮って決め、関西経済振興協会を経由して寄付しました」

「ひとつ穴のムジナか」

「………」

石崎が目をしばたたいた。開いた口がふさがらない。

ドアをノックする音がして、四十年輩の女が入ってきた。

「お待たせして、申し訳ありませんでした」

深々と頭を垂れたあと、社名入りの封筒を石崎に差しだした。

「ご苦労」

言って、受け取った封筒を鶴谷の前に置いた。

それをデイパックの外ポケットに収め、石崎を見据えた。

「ところで、市との交渉に変化はないか」

「どういう意味でしょう」

「市の態度を訊いている」

石崎が目を見開き、顔を近づけた。

「今回のトラブルを、市は知っているのですか」

「訊いているのはこっちだ。交渉の場で、変化はないのだな」

「はい。わたしの前では……部下の担当者からもそれらしい報告はありません」

「共同事業から西本興業が撤退したら、どうなると思う」

「何ともお答えのしようがありません」

「市が難色を示したら、御社は計画を断念するのか」

「その点も……現時点ではお答えできません」

石崎の顔に不安の色がひろがった。

鶴谷は息をつき、あたらしい煙草をくわえた。ゆっくり紫煙を吐く。

「依頼は、請ける」

たちまち石崎の顔があかるくなる。辻端の肩がおちた。

「来月半ばまでにケリをつける」

「ありがとうございます」

声を張って頭をさげたあと、言葉をたした。

「報酬は五千万円、西本興業が破棄を撤回した場合、一億円をお支払いします。それでよろしいでしょうか」

「仕事を完遂したあかつきには、合切一億円を頂戴する。しくじれば一円もいらん」

「…………」

石崎があんぐりとした。

「ただし、経費はもらう」

「はい」

石崎が横をむいた。

辻端が足元に手を伸ばし、紙袋をテーブルに載せた。

石崎が口をひらく。

「着手金はキャッシュで一千万円と伺っております。よろしいですか」

「それでかまわん。追加が必要になれば連絡する」

「準備しておきます」

鶴谷は、紙袋のカネをデイパックに移した。

長居は無用。着手金を手にした瞬間、仕事が始まる。

午後五時、ホテル『グランヴィア大阪』二十八階のスイートルームに五人の男が集まった。優信調査事務所の面々である。

五人を応接ソファに座らせ、鶴谷はデスクチェアに腰をおろした。

何となく気分がおちつかない。違和感がある。これまでは木村の部下たちと直に接することはほとんどなかった。

——部下を動かすのは自分の役目です。ベッドの上からでもやれます——

木村はそう意地を張ったが、甘えるわけにはいかない。よけいな神経を遣うはめになるだろうが、木村の身体の回復を優先させた。

江坂孝介が口をひらく。

「紹介します。自分のとなりから吉原と上田、むかいが下川と照井です。照井以外は初対面だそうですが、三人とも鶴谷さんの仕事をした経験があります」

鶴谷はそれぞれと目を合わせた。

吉原と上田は四十代前半、下川は三十代半ばか。江坂は四十八歳、照井は二十九歳と聞いている。皆、顔が浅黒く、目に強い光を宿していた。

言葉は要らない。皆が仕事をやる顔になっている。

木村が信頼している部下。それで充分である。

顔を合わせ、話をすれば、距離感がずれることもある。そうならないよう意識しているけれど、何がおきるかわからない。

江坂がいい例である。

二年前の仕事で、鶴谷は胸に銃弾を食らった。現場にいた江坂は病院へ同行し、緊急手術のさい血を提供してくれた。

半年前、こんどは江坂が仕事中に暴漢に襲われ、脇腹を刺された。

――鶴谷さん、俺の血は返してもらえたのですか――

――もろうたものは後生大事にせえと……親の遺言や――

――では、それを家訓にします――

――やめとけ。ろくな家族にならん――

病室に見舞ったときのやりとりである。

そういう関係が良いのか悪いのは、わからない。望んでいなかったことだが、なってしまったものはどうしようもない。受けた恩義は胸に抱く。

江坂が続ける。

「さっそく、指示をお願いします」

頷き、用意していた資料と写真を手にした。

三枚の写真をテーブルに置く。

「この三人の監視を頼む。ハゲは西本興業の古谷会長、丸顔は野添常務。細顔のほうは大京電鉄の執行役員、辻端。個人情報は資料に載っている」資料も置いた。「辻端は依頼側の者やが、人脈を知りたい」

「三人とも完全監視ですか」

「家を出てから帰宅するまで」

「優先順位を教えてください」

「野添からは何があっても目を離すな」

「ほかにも的はいますか」

「とりあえず三人や。どうせ、すぐに枝葉が増える」

おなじことは木村にも伝えた。

木村は第一陣として十人前後を大阪に送り込む手筈を整えていたが、ことわった。地方での任務は地元でのそれの倍ほど疲れる。監視対象者が増えれば、その都度、応援部隊をよこすよう木村に指示した。

「では、自分と照井は野添を、上田は古谷、下川は辻端を見張ります」

「吉原は」

「鶴谷さんの運転手です。所長に指示されました」

「車で来たのか」

「吉原はそうです。いつものアルファードではなく、ＳＵＶです。通信設備ほか、必要な機材は積み込んであります」

鶴谷は吉原に目をむけた。

「土地勘があるのか」

ほかは思いつかない。

「はい」吉原が即答する。「大阪の生まれで、大学も大阪でした」

「大阪のどこや」

「西区新町……ご存知ですか」

「ああ。大阪で最初にできた花街や」

いまはその面影はほとんどない。かつて大阪には新町、堀江、南地《なんち》、北新地の四大花街が存在したが、いまも歓楽街として繁栄しているのは南地、現在のミナミと、北新地だけになった。飛田《とびた》新地や今里新地も現存するが、こちらは色街である。

「知りませんでした」吉原が相好を崩した。「でも、学生時代はミナミや難波で遊び、毎日のように車を転がしていたので地理にはあかるいです」

江坂があとを受ける。

「吉原は通信機器も得意です」

「わかった。まかせる」

鶴谷は煙草を喫いつけた。ふかし、別の写真を見せる。

「私立探偵の長尾と女房の直美や。長尾は大阪府警の出で、関西方面で仕事をするときに手伝ってもらっている。木村は顔を合わせたことがある」

上田が口をひらいた。

「もしかして、府警のマル暴担当だった長尾裕太さんですか」

「知っているのか」

「何度か全国から集まる研修会で……自分もマル暴担でした」

鶴谷はこくりと頷いた。

木村が大阪に派遣する人選にも腐心したのがわかる。

「この二人と鉢合わせても無視しろ」

五人が頷くのを見て、さらに一枚の写真をテーブルに置いた。

「この男も相手にするな」

全員が写真を見つめている。面相が気になるのか。

上田が顔をあげた。

「一成会の若頭補佐、白岩さんですね」

「東京のマル暴担にも顔が売れているのか」

「そのようです。が、自分は、以前に鶴谷さんの警護をしているとき、白岩さんの姿を見かけました」

下川が不安そうな目をした。

すかさず声をかける。

「どうした」

「現役の暴力団関係者と組むのですか」

「いやなら、降りろ」

つっけんどんに返した。

下川が目を見開いた。口をもぐもぐさせたが、声にならない。

「白岩は竹馬の友。俺の稼業に絡んではいないが、協力してくれている。関西財界にパイプがある。ついでに言えば、木村とも仲がいい」

「わかりました。やらせてください」

下川が声を張った。

鶴谷はチェアにもたれ、煙草をふかした。

江坂が話しかける。

「部屋割りはこちらで決めていいですか」

「もちろん」

階下のツインルーム五室を用意した。数日中に調査員は倍ほどに増えるだろう。そうでなければこまる。

「ほかに質問はあるか」

「ないです」

江坂が答え、ほかの四人が頷いた。

鶴谷は白い封筒を手にした。二十万円が入っている。

「明朝から仕事にかかる。きょうはこれで好きなものを食って英気を養え」

「ごちそうになります」

皆が声を揃えた。

「江坂はケータイを切るな」

「承知です」

江坂の顔が引き締まった。

前回とはあきらかに雰囲気が異なる。リーダーとして派遣されたせいなのか。ほかにも理由があるのか。

そう思っても、頓着はしない。仕事とは関係ないことだ。

満月のような顔に笑みがひろがった。二十数年前と顔つきはおなじである。当時はスキンヘッドだったが、いまは頭髪を剃る必要もなさそうだ。

鶴谷も笑顔で返し、小座敷にあがった。

北新地の路地の小料理屋に着いたところである。

「すっかり貫禄がつきはって……東京での活躍は耳にしとるで」

茶野が言った。

こてこての関西弁も懐かしく感じた。

茶野《ちゃの》光史《こうじ》と初めて顔を合わせたのは約三十年前である。白岩に連れられ、南港建設の応接室で対面した。風貌も喋り方も極道顔負けの迫力で、気圧《けお》されたのを憶えている。が、話しているうちに厚い人情の持ち主だとわかった。無類の世話好きで、建築業界のイロハを一から丁寧に教えてもらった。

南港建設は大阪市住之江区に本社を構える中堅企業である。仕事ぶりが評価されているのか、ゼネコンの多くが大阪地区で事業をやるさいは一次下請けとして南港建設を指名した。茶野はどこの工事現場でも責任者を務めていた。

白岩によれば、副社長にまでのぼりつめたあと、七年前に子会社の南港建機に社長として出向したという。

「まずはぬる燗で」

茶野が徳利を手にした。

この店は全国の地酒を取り揃えている。品書きには日本酒のコースもあり、それぞれの酒に合う料理をだしてくれる。かつては茶野に何度もごちそうになった。

鶴谷はぐい呑を両手で持って受け、ひと息に飲み干した。

茶野が目を細める。

「白岩さんからひさしぶりに電話をもらい、あんたの名前を聞かされたときはおどろいた。白岩さんに頼まれなくても、会いとうなった」

「恐縮です」

言って、鶴谷は煙草をくわえた。

仲居がカワハギの造り、蕪《かぶ》とヤリイカの酢味噌和えを運んできた。一品の量がすくないのも日本酒が主役だからである。

「こっちで捌きをやるんか」

茶野の口調が元に戻った。目の光が強くなっている。

「ええ」

短く答えた。

気配を察したか。茶野がすぐに口をひらく。

「心配せんでよろしい。あれこれ訊きませんさかい」酒を飲む。空けたぐい吞を座卓にトンと置いた。「で、わたしでお役に立ちますのか」

「何をおっしゃる。大阪の建築業界の生き字引……いまも健在で、情報量の多さは群を抜いていると……白岩が言っていました」

「もう現場にでむくことは滅多にないんやけど、情報は勝手に耳に入りよる。知りとうないことまで……こまったもんや」

笑って返し、鶴谷は背筋を伸ばした。

「本日は教えていただきたいことがあって、ご足労を願いました」

「そんな、改まらんかて……知っていることは教えたるがな」

「ありがとうございます」煙草で間を空ける。「夢洲のことですが、万博のほうは順調に進んでいますか」

「何の問題もない。万博開催が決定する前に、工事の振り分けはおおむね完了していた。その後のトラブルもないし、すべて順調と言いたいところやが……」

茶野が声を切り、眉を曇らせた。

鶴谷の仕事には首を突っ込まないと言ったばかりである。

「気を遣わないでください。こちらの手の内をすべて隠してあなたから情報を聞きだそうとは思っていません」

「そうか」

茶野が息を吐いた。

鶴谷はふかした煙草を陶製の灰皿に消した。

「南港建設も参加しているのですか」

「総動員よ。二次三次の下請会社の者をたしても人手がたりん。で、全国から労働者をかき集めとる最中や」

「そんな状況で、ＩＲ誘致が決まればどうなるのですか」

「見当もつかん。夢洲はゴールドラッシュ……東南アジアに頼るしかないやろ」

苦笑交じりに言い、手酌で酒を飲んだ。

鶴谷は箸を手にした。

仲居に酒のお代わりを頼み、茶野が視線を合わせる。

「夢洲の何が知りたい」

「工事とは関係のないことです」顔を寄せる。「大京電鉄が夢洲にできる新駅の近くに複合ビルを建てようとしている……ご存知ですか」

「うわさには聞いたことがある。けど、むりや。夢洲駅は大阪メトロの城やで。でかいランドマークタワーを建てるし、駅周辺に他社が入り込む余地はない」

「大京電鉄が狙っているのは駅近くの万博跡地……それでもむりですか」

「地主である市側によほどの好条件を提示せんかぎりむりや。ぶっちゃけて言うと、府と市が勝負を賭けているのはIRの誘致と万博跡地の再開発……半年限定の万博だけでは利益が薄い。下手をすれば赤字になる。IR誘致と跡地開発……この二つがセットになって、夢洲は大阪の宝島になる」

熱っぽく語り、茶野が座椅子にもたれた。

仲居が徳利とグジの塩焼きを座卓に置いた。

「IR誘致は国の内定を得ていると聞きましたが」

「大阪財界の誰もがそう思うとる」

姿勢を戻し、茶野がグジを食べる。

若狭産のグジか。ほんのり脂が乗り、独特の甘味がある。

常温の日本酒を飲み、茶野が満足そうに頷いた。

「新駅とランドマークタワーの建設には南港建設も参加しとる。設計図を見た瞬間、万博とＩＲの両方を意識しているのがわかった」

「ＩＲ誘致に失敗しても、ランドマークタワーは建つのですか」

「そらそうや。開業予定は二〇二四年。ＩＲの誘致が決定するのは早くても来年の通常国会の期間中……それまでに工事は進んどる」

「誘致にしくじれば無残ですね」

「万博閉会後の大阪はゴーストタウンよ。いま梅田周辺はホテルの建設ラッシュやけど、ＩＲ誘致に失敗すれば空き部屋だらけになる。五割増しから二倍にもはねあがっている南港地区の地価や賃料は急落する。府知事や市長は進退を問われ、大阪都構想も水の泡になる」

鶴谷は頷いた。

企業はＩＲ誘致の実現を確信して投資しているわけではない。既成事実をつくることで国の政策決定に影響を与えることもできるのだ。大型の公共事業の大半は事業主や企業が先行投資することで後戻りできない状況をつくってきた。

煙草をふかし、話しかける。

「あなたが聞いたうわさに尾ひれはありますか」

「ん」

「夢洲にできる新駅はひとつで決定ですか」

「ああ。二〇二七年以降にJRゆめ咲線と大京電鉄が夢洲への路線延伸を完了させたとしても大阪メトロの夢洲駅に乗り入れることで、各社は合意している」

「ほかの電鉄会社は夢洲に乗り入れる計画がないのですか」

「聞いたことがない」茶野が首をひねる。「そういう話があるんか」

「いいえ。想像をふくらませるのが習癖《くせ》でして」

「難儀な仕事や」

茶野が眦をさげた。

「万博の跡地利用に関して、具体的な話はでていますか」

「まだや。エンターテインメント事業やレジャー産業を手がける企業、ニュータウン構想を掲げる不動産業者は基本構想や基本設計に着手していると聞いた。が、各社が独自に動くことはできん。どんな立派な絵図を描いても、地主が首を縦にふらなかったら、ごみ箱に消える」

「とは言っても、万博跡地の開発は行政の行方を左右するのでしょう」

茶野がにやりとした。

「地主でいるのか、事業主になるのか……行政は思案の為所《しどころ》よ」

「なるほど」

堅実に一定の利益を得るか、リスク覚悟で高利益を得ようとするか。

ひらめきが声になる。

「企業も行政の胸の内をさぐりながら絵図を描く……そういうことですか」

「さすがは捌き屋……読みが鋭い」

茶野の双眸がきらめいた。たのしそうだ。

鶴谷は苦笑をうかべ、ぐい呑を持った。

三本目は冷酒の二合瓶だった。料理はオコゼの唐揚げ。ポン酢で食する。

「美味いのう」

茶野がつぶやく。

鶴谷は心斎橋にあった店を思いだした。「ここのオコゼ料理は絶品や」。茶野が声をはずませ、店の暖簾をかき分けたのを憶えている。閉店して三年になるか。

個人経営の料理店は年々減っている。食材にこだわる店ほど経営は苦しいという。鮮度や味を意識すれば原価率が高くなるのだ。

鶴谷は質問をおえ、食べることに専念した。

連休明けの朝、『グランヴィア大阪』の車寄せに停まる車の助手席に座った。

「おはようございます」

運転席の吉原が元気な声を発した。

「週末はごちそうになりました」

「何を食った」

「鶴橋で焼肉をたらふく食べました」

「わざわざ鶴橋まで行ったのか」

鶴橋駅前の通りには安くて美味いと評判の焼肉店が軒を連ねている。とはいえ、梅田から鶴橋までJR環状線に乗って二十分ほどかかる。

「はい。お好み焼きと焼肉……意見が分かれたのですが、大阪出身ということで、自分に一任されました。皆、よろこんでくれました」

「何よりや」

そっけなく返し、鶴谷は後部座席に目をやった。

通信機器と三台のノートパソコン、小型冷蔵庫にコーヒーサーバー。優信調査事務所の動く前線基地のアルファードと変わらぬ設備が施してある。

シートベルトを掛け、吉原に声をかけた。

「日本橋《にっぽんばし》に行ってくれ」

「西本興業の本社ですね」

吉原が即座に訊いた。

資料に目を通したようだ。

車が走りだし、御堂筋を南下する。

「俺の仕事にかかわったそうやな」

「出動はせず、ほとんどは事務所で通信と映像を担当していました」

「監視や聞き込みの経験はないのか」

「あります。が、持病の不整脈を案じ、所長がデスクワークをさせているのです」

「おまえも桜田門の出か」

「はい。最後の部署は刑事部の捜査支援分析センターでした」

木村は、情報解析や映像処理の腕を見込んで吉原を雇ったのだろう。

「腕力に自信はあるか」

「多少は……」声が沈んだ。すぐに顔をむける。「持病のことはご心配なく。年に何度か、脈が乱れる程度で……二、三分もすれば元に戻ります」

「…………」

鶴谷は窓のそとを見た。

その程度の病状なのだろう。深刻な病状であれば木村は派遣しなかった。そんなことよりも、持病を口にする吉原の気質のほうが心配になる。

見慣れた景色が流れ去る。視線を戻した。

「身の危険を感じたら、逃げろ」

「そうはいきません」

「死ねば元も子もない」

「しかし……自分の任務は車の運転と鶴谷さんの警護です」

「邪魔や」

つっけんどんに返し、煙草をくわえた。

難波の交差点を左折し、日本橋方面へ向かう。

ほどなく車が路肩に停まった。

左側に西本興業の本社ビルが見える。

「ここで待て」

ひと声かけ、車から降りた。

近くの路地角から江坂が駆け寄ってきた。

「野添は社内にいます」

二時間前の電話で、野添が出社した、との報告を受けた。

「駐車場は」

「地下にあります。裏手の出入口は相棒が見張っています」

頷き、その場を離れた。西本興業本社ビルのエントランスに入る。

左右の壁には所属芸人たちのパネルが隙間なく貼られていた。著名なプロアスリートの写真やイベントのポスターもある。

鶴谷は首をすくめたあと、正面の受付カウンターに近づいた。

「いらっしゃいませ」

丸顔の女が笑顔で言った。

「鶴谷と申します。野添常務にお取り次ぎ願います」

鶴谷は名刺をカウンターに置いた。

名前と住所、電話番号が記してある。〈優信調査事務所　主任調査官〉の肩書がついた名刺も持っているが、今回は使うつもりがない。

女が名刺を手にし、視線をおとした。

予約者のリストを確認するのだろう。顔から笑みが消えた。

「お約束でしょうか」

「いいえ。大京電鉄の代理人……そうお伝えください」

「承知しました」女が左手を差しだす。「あちらの席でお待ちいただけますか」

言われたとおりにした。

二分ほど待たされた。その間にもロビーには人の出入りが絶えなかった。

受付の女が近づいてきた。


エレベーターで七階にあがり、応接室に案内された。

どうしてあっさり面談に応じたのか。意外な気がした。会えなくても、自分の名前と大京電鉄の代理人であることが野添に伝わればいいと思っていた。機転が利くものであれば、名前で検索し、鶴谷の素性を知ることになる。名刺をごみ箱に投げ捨てられてもかまわない。名乗り、名刺を残したことで筋は通した。

五分ほど待たされたあとドアが開き、男があらわれた。

紺色と茶色の縦縞のジャケットを着ている。七三に分けた髪は整髪剤で光り、人懐こそうな丸顔には艶がある。面と向かうと柑橘系の匂いがした。

「ご多忙のところ、時間を割いていただき、恐れ入ります」

丁寧に言い、鶴谷は名刺を差しだした。

無言で受け取り、野添がソファに座る。

鶴谷も正面に座り直した。

野添が名刺を見つめる。

「捌き屋とは入れませんのか」

何食わぬ顔で言った。

短時間でも自分の素性は知れるようだ。

「港区白金……遠路お越しの方を袖にするわけにもいかんやろ」

野添が名刺を胸のポケットに収めた。

鶴谷は野添を見据える。

「本日は、大京電鉄の代理人として、挨拶に伺いました」

「挨拶……そんなもん、要らんがな」

「筋を通したまでよ」

がらりと口調を変えた。

野添の太い眉がはねた。が、ゆがんだ顔は一瞬で元に戻った。

「あんた、凄腕の捌き屋らしいが、どこの出や」

「生まれも育ちも大阪よ」

「そうやない。どこの組におったか、訊いとる」

「堅気とは言わんが、ずっと一匹よ」

「たいしたもんや」

吐き捨てるように言い、野添が煙草をくわえた。デュポンで火を点ける。

鶴谷は、大京電鉄の石崎とのやりとりを思いだした。

――野添は、どんな男や――

――ひと言で言えば、商売上手です。人のよさそうな顔をして、関西弁で喋りまくるので、こちらもつい気が弛んでしまいそうになりました――

石崎に人を見る目がないのか。

野添が社風に染まっているのか。白岩が聞いた話では、西本興業は相手によって顔を使い分けるお化けだという。

――会長の側近だと聞いたが、事実か――

――ええ。誰もがそう言います――

――会長の古谷に会ったことは――

——西本興業と交渉を始めるさい、ご挨拶しました。当時は社長で……仕事の話は野添にまかせるとおっしゃられました——

野添は虎の威を借る狐か。口先だけの狸か。

いずれ化けの皮は剝げる。

野添が大量の紫煙を吐いてから言葉をたした。

「で、要件は」

「合意文書の破棄を撤回してもらう」

「あほな。できるわけない」

「誰ならできる。会長の古谷か」

「なんてことを」

野添の声がうわずった。顔が赤くなる。

鶴谷は間を空けない。

「誰が相手でも関係ない。撤回させる……それが俺の仕事や」

「むだなことや。うちに難癖つけても通用せんで」

「そうかい。邪魔したな」

言い置き、鶴谷は腰をあげた。

きょとんとし、野添が口をひらく。

「もう帰るのか」

「どういう意味や。お友だちを呼んだか」

「はあ」

「何遍も言わせるな。誰が出張ってこようと、仕事はやり遂げる」

鶴谷はきびすを返し、ドアへむかった。

背に吐息を聞いた。


路上に立った。

吉原が車から出てきた。

鶴谷は、動きを制しようとした手を止めた。

ＳＵＶのうしろに白のメルセデスが停まっている。ボディーにもたれるようにしてひとり。後部座席の男は開いたウインドーから顔を覗かせていた。

どちらもひと目でやくざ者とわかる。

吉原が近づき、不安そうな顔を耳元に寄せた。

「何者でしょう」

「いつからいる」

「車のうしろに付いたのは五分ほど前です。立っている男が運転席に近づいてきて、窓越しに自分の顔を見ました」

「何か言われたか」

「いいえ。にやりとして離れました」

「写真は撮ったか」

吉原が首をふる。

「近すぎます。車種とナンバーは控え、所長と江坂に報せました」

鶴谷はちらりと左右を見た。

江坂の姿はない。監視しているのを悟られたくないのか。江坂は度胸がある。それでも仲間が危害を加えられたら飛びだしていただろう。

「行くぞ」

鶴谷は車にむかった。

立っている男が一歩踏みだした。

「やめんかい」

ドスの利いた声がした。

鶴谷は、後部座席の男を見た。

スポーツ刈りの下はブラウンのサングラス。レイバンのフレームが尖った頬骨にかかっている。レンズを通しても男の目が笑っているのが見てとれた。


曾根崎にあるビジネスホテルの前で車を停めさせた。

「きょうはもういい。このあとは江坂の指示に従え」

「鶴谷さんはどちらへ」

「花房組の事務所や。江坂にそう伝えろ」

言って、車から降りた。

前後を確認したが、白のメルセデスも気になる車も見あたらなかった。

露天神社の前の石畳にさしかかったところで、声をかけられた。

前方から男が駆け寄ってくる。花房組若頭の和田信が相好を崩した。

「鶴谷さん、先日は留守をしてご挨拶ができず、すみませんでした」

「元気そうで何よりや」

「鶴谷さんも……親分も元気になりました」

「ん。あいつ、へこんでいたのか」

「そういうわけではありませんが、目の色が変わりました」

「しょうもない女に入れ込んでいるのか」

「めっそうもない。親分は、クレオパトラよりあなたです」

鶴谷は頰を弛めた。

武骨者の和田が軽口を叩けるようになった。

和田は先代の子飼いで、白岩の兄貴分だった。幹部になっても組を持たず、事務所に住み込んでひたすら花房に仕えた。二代目の白岩はそんな和田を若頭に抜擢し、組の一切合財を和田にゆだねた。組内には無骨で頑固、同業との縁も薄い和田を不安視する者もいたそうだが、そんなうわさも耳にしなくなった。

「どうした。めかし込んで」

和田のスーツ姿は滅多に見ない。ネクタイも締めている。

「義理掛けがおまして。これから京都へ行きますねん」

「ひとりでか……車は」

「引退された方の喜寿のお祝いに……若い者を連れていくわけにはいきません。こんやは酒が入りそうなので、電車で参ります」

「そうか。飲み過ぎるなよ」

「はい。鶴谷さんも無茶をなさらないように」

「光義に言わんかい」

笑って言い、和田と別れた。


花房組事務所の玄関では坂本に迎えられた。

「おるか」

「お待ちかねです」

肩をすぼめ、応接室に入った。

「いきなり、クズどもの歓迎を受けたそうやな」

白岩がたのしそうに言った。

「白のメルセデスか」鶴谷はソファに座った。「どうして知っている」

「長尾よ。柳井組の清原に張り付かせとる」

「清原とは面相が違ったが」

「後部座席に乗っていたのは、幹部の犬山透よ」

坂本がお茶を運んできた。

白岩が言葉をたした。

「昼飯は」

「まだや。でかけるのは面倒……出前をとろう」

「それなら、坂本のお好み焼きはどうや。腕があがった」

「頼む」

白岩が坂本に声をかける。

「わいは、豚バラとエビ」視線を戻した。「おまえは」

「まかせる」

坂本が口をひらく。

「シーフードミックスは如何ですか。イカもホタテもあります」

「たのしみや」

言ってお茶を飲み、煙草を喫いつけた。ふかし、白岩と目を合わせる。

「どういうことか、説明してくれ」

「清原は午前十時前、組事務所に入った。それからしばらくして、事務所から犬山が出てきた。メルセデスに乗るのを見て、あとを尾けることにしたそうな。メルセデスは清原専用で、運転手は清原のボディーガードらしい」

「勘が働いたわけか」

「犬山でなければあとを追わなかったとも言うた」

　鶴谷は眉根を寄せた。

「何者や」

「暴れ者よ。箸よりドス……拳銃《チャカ》の扱いも手慣れているそうな。傷害、恐喝、銃刀法違反などで前科三犯。組の在籍期間の三分の二は刑務所暮らし。組の功労者やが、そのせいで出世が遅れた。三か月前に仮出所。十二月の事始めには、晴れて若頭補佐に登用されるという話や」

「清原との仲は」

「長尾によれば、距離があるらしい。犬山は先代に気に入られ、跡目候補のひとりやった。で、清原が警戒していた」

「そんな男を若頭補佐にするのか」

「組内には犬山を慕う者もけっこうおるそうな。先代の意向もあるやろし、組の功労者に冷や飯を食わせれば、清原は器量を疑われる」

「なるほどな」

　鶴谷は煙草をふかした。

　吐いた紫煙の中にサングラスがうかんだ。

白岩が口をひらく。

「誰に会うた」

「常務の野添に挨拶してきた」

「アポはとっていたのか」

「なしや。会う必要もなかったが」

「清原に連絡したのは野添か」

「野添は俺の素性を知っていた」

「ふーん」

白岩がソファにもたれ、腕を組んだ。

テーブルの携帯電話が鳴りだした。

「わいや……わかった。引き続き、頼む。それと、犬山の個人情報がほしい……それでかまへん。切るで」

携帯電話を畳み、白岩が顔をむけた。

「長尾からや。犬山はあれからまっすぐ事務所に戻った。十五分ほど経って、こんどは清原がでかけた。いま、梅田方面へむかっているそうな」

「…………」

鶴谷は口をつぐんだ。首をまわし、煙草をふかす。

「柳井組を無視するな」

白岩が声を強めた。

眼光が増している。

「いきなり面をさらしたんや。言わば、宣戦布告。避けて通れん」

「関係ない。野添になるか、会長の古谷になるかわからんが、つぎに面と向かうのは決着をつけるとき……柳井組のでる幕はない」

「そう思いどおりにはいかん」白岩が顔を寄せる。「おまえが挨拶に行っただけで野添は清原を頼った。野添がおまえの動きを摑めんかて、清原は勝手に動く」

「そのときはそのとき……連中にかまっているひまはない」

「どうしようもないのう」

あきれたように言い、白岩が視線を戻した。

顔には余裕がある。納得したようにも見える。

鶴谷はぴんときた。

「光義、おまえは前にでるな。清原がどう動こうと、手は打つな。俺の仕事や。おまえがしゃしゃりでれば、面倒が増える」

「おい」

白岩が目でも凄んだ。

さすがに迫力がある。睨み合えば根負けする。白岩の胆は岩のようだ。

「わいが、いつ面倒をかけた。しのぎの邪魔をしたことがあるんかい」

「勘違いするな。おまえには感謝しかない。とはいえ、ここは大阪……おまえは花房一門の夢を一身に背負っている。おまえなら機関銃で蜂の巣にされても死なん。が、懲役に行けば夢と希望は砕ける。俺は、一門に顔向けができん」

「…………」

低くうなり、白岩が顔をしかめた。

図星のようだ。心中の読み合いなら白岩に負けない。相手の表情やもの言い、仕種をつぶさに観察し、心中を推し量る。そうでなければ捌き屋稼業は務まらない。

白岩は単純で、まっすぐな男だ。一念を貫き通そうとする。捌き屋稼業を続けなかったのはそういう気質が災いしたせいではないかとも思っている。もちろん、先代の意志と一門の期待を第一義に考えているのは言うまでもない。

「おまちどおさまでした」

元気な声がして、ソースの匂いがひろがった。

鉄板の上で鰹節が踊っている。

鶴谷は箸を持った。ひと口食べて顔をあげる。

すかさず坂本が話しかける。

「どうしました。不味《まず》いですか」

「煮干しか」

「はい。高知の本枯節と長崎のアゴで出汁をとりました」

「乙な味や」

「ありがとうございます」

坂本が顔をほころばせ、きびすを返した。

白岩がビールで咽を鳴らした。

「やつは大分の生まれやさかい、味噌汁もアゴ……わいには思いつかん」

「いい若衆に育った。金言もあてにならんということやな」

「どういう意味や」

「親を見れば子がわかる。逆も然り」

「ほざいとれ」

投げつけるように言い、白岩がお好み焼きを食べだした。

二人ともまたたく間にたいらげた。

お茶を飲み、あたらしい煙草を喫いつけてから話しかける。

「茶野さんは変わらんな。豪快で繊細……けど、酒は弱くなった。食事のあとのクラブではほとんど飲んでなかった」

「むりもない」

白岩がつぶやく。表情が陰った。

「ん」

「胃がんの摘出手術を受けて二か月ほどや」

鶴谷は眉をひそめた。

そんなふうには見えなかった。相手が茶野なので神経が弛んでいたのか。だとすれば、まだまだ未熟ということだ。

それを先に言え。

怒鳴るのは筋違いである。自分と茶野によけいな気を遣わせないよう、白岩が配慮したのだろう。あるいは、茶野に病気の件は伏せるよう頼まれたか。いずれにしても自分は人に恵まれている。

煙草で間を空け、茶野とのやりとりをかいつまんで話した。

「絵図も背景も見えんのう」

白岩が独り言のように言った。

異論はない。茶野の口からは西本興業の「に」の字もでなかった。それ以前に、大京電鉄の複合ビル建設はむりとまで言い切った。

首をひねり、白岩がおもむろに口をひらく。

「大京電鉄の計画……続編か付録がありそうやな。それも、西本興業とセットで」

「だとすれば、ＩＲ事業への参入か」

「それこそ、むりや」

言って、白岩がテーブルの端の紙を中央に移した。

大阪市が作成した夢洲関連の資料である。イメージ図を指さした。ＩＲと万博の敷地面積は、ほぼおなじである。

「残る利権は万博跡地……ＩＲの誘致決定が絶対条件になるが、府市の構想どおり、跡地がエンタメ・レクリエーション施設として再開発されるのなら、利権の争奪戦になる。ちなみに、東岸のグリーンテラスは具体的なプランがない。南岸のリゾートエリアも同様……リゾートエリアのほうは利権がかぎられる」

鶴谷は頷いた。

茶野が東岸と南岸の話をしなかったのは絵図が見えていないからだろう。

白岩の情報収集力にも感心させられた。関西財界だけでなく、府市の行政部署にも情報網を張り巡らせているようだ。

白岩が続ける。

「大京電鉄が隠し事をしていても、仕事は続けるんか」

「当然や。うそをつかれたり、事実を捻じ曲げられたりしないかぎり継続する」

こともなげに答えた。

万策尽き、藁にもすがる思いで鶴谷を頼っても、依頼主は自分に不利になる事実は隠そうとする。それは理解している。所詮、捌き屋は使い捨ての、赤の他人なのだ。恩義や情が絡む余地はまったくない。

だからこそ、東和地所の杉江とは稀有な関係といえる。

――あすはハイアットリージェンシーで会議を行なったあと、梅田に移動して懇親会。翌土曜は関西財界の方々とゴルフをします――

――たのしそうやな――

――むこうでも鶴谷さんと遊べたら、もっとたのしくなると思います――

――悪趣味や――

あれ以来、電話でも話していない。

東京では豪腕として知られている杉江も関西財界の内情には手をだせないのか。大阪で一緒に遊びたくて、情報をかき集めている最中なのか。

頭をふり、白岩に話しかける。

「茶野さんが、大京電鉄の動きと万博跡地に関する情報を集めてくれるそうや。おおいに期待しているが、むりをされぬよう、おまえから伝えてくれ」

「わかった。で、これからどうする」

「ホテルに帰って市の資料を読む。茶野さんに頂戴した。夜は市の土木部署の幹部と会食や。茶野さんとは三十年、腐れ縁の仲が続いているそうや。情報漏洩に過敏な港湾部署と違って、口も軽いはずやと、茶野さんは言われた」

「腐ったカネの縁は頼りになる」

言って、白岩が目で笑う。

鶴谷は苦笑を返した。

捌き屋稼業に善悪は関係ない。

――万博跡地の開発は行政の行方を左右するのでしょう――

――地主でいるのか、事業主になるのか……行政は思案の為所よ――

——企業も行政の胸の内をさぐりながら絵図を描く……そういうことですか——

——さすがは捌き屋……読みが鋭い——

あのやりとりが気になって、市の知人を紹介してほしいと頭をさげたのだった。

白岩が言葉をたした。

「ＫＲＫの生方も、大京電鉄の複合ビル建設の実現に否定的やった。それほど、大阪メトロは夢洲駅とその周辺の利権に固執しているということや」

「とはいうても、市と大阪メトロの力関係がある。市が決定した事案を大阪メトロが覆せるとは思えん」

「そうよのう」

力なく言い、白岩が腕組みした。ややあって、口をひらく。

「生方は、大京電鉄が万博跡地を狙っているのを知らんのかもしれん。だとすれば、大京電鉄と市側の交渉は極秘裏に行なわれている可能性がある」

「わかった。こんや会う市の幹部にさぐりを入れてみる。ところで、生方から、西本興業に関する続報は届いたか」

西本興業がショービジネスとして万博参画を希望し、日本国際博覧会協会や行政に接触しているらしいとの情報は聞いた。そのさい白岩は、アメリカの企業が万博会場のイベントプロデュースに意欲を見せているとも言い添えた。

「きのう、生方から電話があった。万博関連事業に関しては誰もが口が重いそうな。それはそうや。関係者が寝言を言うても、うわさとしてひろまる。利権に群がるやつらは情報に飢えているさかい。それはさておき、生方は、推論と前置きして、西本興業が万博事業に参画できる可能性はあるとぬかした」

「どうやって」

「その世界で実績のある企業と連携しての共同参画。ただし、アメリカの大手企業や大物プロデューサーは手を組まないだろうと」

「資金面でその必要がないというわけか」

「プライドもある。格下の企業との連携で得するものはない」

「……」

鶴谷は首をかしげた。

「どうした」

「大京電鉄の出番はなさそうや」

「万博に関してはゼロやで。あとは万博の跡地……大京電鉄は、西本興業と連携し、万博跡地への事業参画をもくろんでいる。そう考えれば、たいして投資もしていないのに、西本興業との連携に固執する理由も頷ける」

「同感や」

鶴谷はそっけなく返した。

考えだしたら夜も眠れなくなるほど、疑念は山のようにある。疑念の一つひとつを解くのは至難の業である。

だが、捌き屋としてやることは決まっている。合意破棄の撤回である。

疑念や推論にふりまわされていたら、唯一の、明快な事実が霞んでしまう。

★　★

ミナミの宗右衛門町《そえもんちよう》の路地に入り、雑居ビルのエレベーターに乗った。

二階の木製の扉に〈elegance mami〉の文字がある。

十五平米ほどか。手前のカウンターに七脚、奥には六、七人が座れそうなベンチシートがある。ベージュの壁クロス、オフホワイトとダークブラウンの縦縞のシート。間接照明が落ち着いた雰囲気を醸しだしている。

「いらっしゃいませ」

カウンターの中の女があかるい声を発した。

ショートボブの丸顔。目もまるい。黒のタイトスカートにアイボリーのドレスシャツ。胸元にリボンが付いている。

白岩は笑みを返し、カウンターの端にいる男のとなりに腰をおろした。

私立探偵の長尾裕太は左腕で頬杖をつき、煙草をふかしていた。

短髪の細面、無精髭がめだつ。ボタンダウンシャツにポケットだらけのベスト、カーキ色のコットンパンツ。紺色のスニーカーはほこりを被っている。

風采のあがらない身なりは見慣れた。

長尾が顔をむける。

「ひとりか」

「ああ」

そっけなく返し、煙草をくわえた。

ちかごろ煙草の本数が減った。健康を意識しているわけではないが、手も口もほしがらなくなっている。それでも酒場に入ると無意識に手が動く。

女がライターの火をかざした。

そうされるのは好まないが、ことわるのは失礼だ。

ふかし、女に話しかける。

「昼間の制服のまま店に来たんか」

女が目をぱちくりさせた。すぐに笑みをひろげる。

「男どもはこれに騙される」長尾が言う。「キャバクラで五年……男を手玉にとって
カネを貯め、三年前に店を持った」

「失礼な。夢を売ったのよ」

むきになったが、女の目は涼しげに見える。

長尾に声をかける。

「おまえも夢を見たのか」

「あほな。こいつは岸本マミ……嫁の従姉妹《いとこ》や」

白岩は視線を戻した。

「マミ、マッカラン18年をボトルで……水割りにしてくれ」

「やった」

丸顔にウサギが踊った。

白岩はベンチシートをちらりと見た。

三人の男が寛いでいる。ひと目でサラリーマンとわかった。補助椅子に女が二人。

後ろ姿だが、どちらも若そうに見える。

マミが水割りをつくる。三種類のチョコレートを添えた。

「気が利くのう。わいの好みや」

「よう言われます」

「マミやない。チョコレートや」

「うち、チョコレート……すぐに溶ける」

白岩は目を細めた。

打てば響く女はたのしい。

「マミ、邪魔や」長尾が口をはさむ。「むこうにおれ」

肩をすぼめ、マミがカウンターから離れた。

白岩は煙草を消した。チョコレートをつまみ、水割りを飲む。グラスをコースターに戻してから長尾を見据えた。

鶴谷が花房組事務所を去ったあと、長尾から連絡があった。その電話では報告を聞かず、午後九時に会う約束をした。『elegance mami』は長尾の指定だが、六時半にミナミで金子と食事をする予定だったので都合がよかった。

坂本は同行を願いでたが、事務所で待機させた。若頭の和田が不在なのだ。

「清原はどこへ行った」

「茶屋町にある法律事務所」手帳を開く。「稲垣恵介という弁護士の事務所や」

「ほう」

「知っているのか」

「面識はない。けど、やり手と聞いたことがある。清原は稲垣に会うたんか」

「わからん。事務所には、稲垣のほか、七人の弁護士がいる。清原は、乾分らを車に残し、ひとりで入った。出てきたときもひとりや」

長尾は対等な口を利く。

それも、白岩は気に入っている。

長尾が続ける。

「稲垣の顧客の大半は大手企業や」

「有名どころは」

「まずは関西電鉄……関鉄本社と関鉄エンタープライズの顧問を三十数年間務めている。さらに六角グループ、あとウィスキーの山崎酒造、量販店のタカラ……」

「待て。六角グループということは、夢洲の万博にも関わっているのか」

「いまはない。けど、万博誘致が決定する前は、府と市が主宰する大阪万博推進協議会のメンバーやった」

「続けろ」

「あんたが興味ありそうなのは、これやな」長尾が手帳に人差し指を立てた。「稲垣は西本興業の顧問もやっている」

「西本興業の誰と親しい」

「会長の古谷が稲垣を気に入っているらしい」

「………」

白岩は口をつぐみ、グラスを手にした。

清原はどんな目的があって法律事務所を訪ねたのか。

古谷と清原の絆がどれほど強くても、西本興業の代理人として暴力団組長を遣うわけがない。それは常務の野添であってもおなじことだ。

清原は自分の意思で動いたのか。

チョコレートをつまんだ。ほろ苦いカカオミルク。口の中で溶けたチョコレートを水割りで流した。グラスを置き、口をひらく。

「清原は、以前から稲垣と縁があるのか」

「そうくると思って調べてみた。もっとも、俺が調べられるのは刑事事件で……そっち方面で二人に接点はない。が、稲垣法律事務所に所属する伊東という弁護士が柳井組関係者の刑事裁判を担当していた」

「容疑は」

「私文書偽造および行使、詐欺……どれも微罪よ」

「稲垣法律事務所は民事専門じゃないのか」

「若手の二人は刑事事件も担当しているらしい。伊東は稲垣と高校も大学もおなじの後輩だ。その縁で仕事がまわってきたのかもな」

「ふーん」

推測の話には興味がない。

長尾が言葉をたした。

「清原は近くのクラブで遊んでいる」

「誰が見張っている」

「嫁よ。六時に、柳井組事務所の前で交代した。そのあと、俺は古巣の仲間と飯を食い、ここへ来た」

「南署のマル暴担か」

「ああ。俺の後輩……柳井組の内情にもあかるい。が、俺を手伝ってくれる連中は暴飲暴食が過ぎる」

長尾がにやりとした。

何かと物入りなのだ。顔にそう描いてある。

白岩は、ポケットの封筒をテーブルに置いた。五十万円が入っている。

中身も見ずに、長尾がベストの胸ポケットに収めた。

「連れはいるのか」

「二人……心斎橋ですき焼きを食い、クラブに直行……二人の写真は撮ったそうや。あとで身元を調べる」

「嫁にあぶない仕事をやらせるな」

「ふん。あんたの依頼で、らくな仕事はない」

「おっしゃるとおりや」

あっさり返した。

「心配無用……嫁は、あんたの仕事だと気合が入るそうや」

「頼りにしていると伝えてくれ」

「直に言え。嫁がよろこぶ。清原の顔を拝みに行くか」

「ご利益《りやく》があるんか」

長尾が首をすくめた。
白岩はマミに声をかけた。
カウンターの中に入ったマミに十万円を手渡した。
マミの目が三日月になった。
「うちの店、出入り禁止やけど、白岩さんは歓迎や」
白岩は横を見た。
「個人情報を洩らすな」
長尾に言い置き、ドアへむかった。
マミに名乗らなかった。長尾か、長尾の嫁に聞いたのだろう。
どうでもいい。
マミは頰の古傷を見ても表情を変えなかった。
それだけでも縁ができたような気になる。

通称、曾根崎お初天神通り商店街のはずれにある雑居ビルに入った。階段で二階にあがり、鈴村法律事務所の扉を開ける。
「白岩さん、こんにちは」

事務員の廣野誠子が目尻に皺を刻んだ。

五十歳は過ぎたか。ここで顔を合わせて二十数年になる。小顔は利発そうで、礼儀正しく、当時は掃き溜めに鶴のような存在だった。三十手前で若手の実業家と結婚し事務所を辞めたが、三年も経たないうちに戻ってきた。離婚したと聞いた。詳細は知らない。知りたいとも思わないし、誠子も語らない。

白岩は、商店街で買ったオハギを誠子のデスクに置いた。誠子の好物である。

誠子が目を細め、席を立った。

「お茶にしますか、コーヒーですか」

「お茶を頼む。浪人はどうした」

事務所には司法浪人の調査員がいる。

「ラスト・トライ……来春までは勉強に専念するそうです」

「予備試験か」

「ええ。法科大学院に通わずに予備試験に合格するのは至難の業なの」

現行制度では、法科大学院を修了するか、司法試験予備試験に合格した者でなければ司法試験を受験できない。法科大学院に入るのが司法試験合格の近道だといわれているが、カネがかかる。独学、苦学の末の弁護士など昔の話である。

「やつは幾つや」

「来年、三十歳になります」

「おい」ドアのむこうからしわがれ声が届いた。「いつまで待たせる気だ」

誠子が首をすくめて背をむけた。

白岩は左側のドアを引き開けた。

白髪の男がソファに座っている。グレーのスーツに濃紺のネクタイ。すでに高齢者の仲間入りをしているが、目の光は鈍っていない。

先代の花房が礼を尽くして花房組の顧問をお願いした男である。

――人情は徒《いたずら》よ。おかげで貧乏から抜けだせん――

何度も愚痴を聞かされた。

――花房さんがあくどい稼ぎをすれば、おこぼれに与《あずか》れるのだが――

本音とも冗談ともとれるもの言いながら、花房組の顧問になったことを後悔している表情ではなかった。むしろ、たのしそうにも聞こえた。後悔していれば、花房の引退を機に、顧問を辞めていたはずである。

誠子がお茶と羊羹を運んできた。

鈴村も甘いものに目がない。羊羹を食べ、お茶を飲んで視線をむけた。

「手短に頼む。二時半から裁判がある」

午後一時を過ぎたところだ。

「うちの者か」

「国選だよ。あんた、組内でおきていることも知らんのか」

「和田がいる」

「あきれた男だ。和田の爪の垢でも煎じて飲んだらどうだ」

和田はここへこまめに足を運び、相談に乗ってもらっているという。

「女の爪の垢しか飲まん」

「話にならん」

吐き捨てるように言い、テーブルの紙を白岩の前に移した。

「稲垣法律事務所に関する資料だ。あそこと揉めているのか」

「そうやない。鶴谷がこっちでしのぎを懸けている」

「なんと」鈴村が目をまるくした。「戻ってきたのか」

かつては鶴谷も鈴村の世話になっていた。

白岩は、ここまでの経緯を簡潔に話した。鈴村に隠し事はしない。

話している間に、鈴村の表情はけわしさを増した。

「難儀な依頼を請けたもんだ。まあ、あいつらしいと言えなくもないが……あんたもあんた……しのぎどころではあるまい」

「和田が愚痴をこぼしましたか」

「そんなものは日常茶飯事……和田はあんたに心酔している。何があろうと、あんたには一成会のてっぺんに立ってもらおうと」

「ここに来たかて、らちはあかん。天神さまにお百度参りをせえと言うとけ」

「あんた、ほんとうに何も知らないのだな」

「はあ」

「和田は毎朝、雨の日も願を掛けているそうだ」

白岩はあんぐりとした。そんな話は坂本からも聞いていない。

鈴村が弛みかけた表情を戻した。

「で、この資料だけでいいのか」

「さすが、顧問や。頼みがある。稲垣と、所属弁護士の伊東の個人情報がほしい。とくに、柳井組の清原組長との接点を調べてくれ」

「伊東貴俊なら面識がある。刑事事案も扱っているからな」

「稲垣と西本興業の古谷会長、野添常務との関係もわかればありがたい」

鈴村が眉を曇らせた。

「財界とは縁が薄くて……稲垣さんは別世界に生きている方だからね。どこまで調べられるか……が、全力は尽くす。鶴谷には借りがある」

「まだ引きずっていたのか」

白岩は眉を曇らせた。

「あたりまえだ。一生の不覚……もう一歩で和議が成立するというところで、わたしは裁判に追われ、あの案件を後回しにした。もう勝ったという油断があったと思う。和議が成立していれば、鶴谷の義父、蕎麦屋の主人は死なずに済んだ」

奈良のゴルフ場造成にまつわる係争事案だった。事業主は、金融機関や投資家から多額の資金を集めて造成工事を始めたのだが、バブル崩壊のあおりを受けて工事を中止、数千万円のカネを持って海外へ逃亡した。事業者側の資産は地価が大幅に下落したゴルフ場造成予定地と、実勢価格約六千万円の自宅だけである。どちらも複数の金融機関が抵当権を設定していた。当然、ほかの債権者も絡んでの争奪戦が始まる。白岩と鶴谷は、鈴村を介し、大阪の信用金庫から依頼を請けた。この手の係争はきれい事では片付かない。裁判はカネと時間を要する。最後までしのぎを削った相手が京都の民間貸金業者、いわゆる街金で、経営者は暴力団関係者であった。

油断をしたのは白岩と鶴谷もおなじだった。事件発生の数日前、貸金業者を攫ってホテルに監禁。債権放棄の念書を認《したた》めさせた。それで片が付くほどらくな仕事ではないけれど、交渉を有利に運べる材料は手にした。

鈴村もそのことを聞いて、油断したのかも知れない。

鶴谷の義父は敵対する暴力団の組員に射殺されたのだった。

「和議が成立していたとしても……どこの組にもはね返り者はおる」

声に説得力がないのは自覚している。

白岩も後悔の念を拭えず、いまも心の疵は癒えていない。あの事件を語らないのは鶴谷を気遣ってのことである。悲惨な事件がおきなければ、鶴谷は家族と別れることもなく、逃げるようにして東京へ行くこともなかった。

帰り道の足取りは重かった。物思いに浸っていたのか。気がつけば花房組事務所の前を通り過ぎ、石畳を歩いていた。露天神社に詣で、思いっきり鈴を鳴らした。柏手を響かせると、すこし胸が軽くなった。

事務所に戻り、ソファに寝転んだ。

「親分」

大声を発し、和田が駆け寄ってきた。床に膝を立てる。

「どうされました。気分が悪いのですか」

「うるさい。昼寝くらいさせろ」

「ほんとうにどこも悪くないのですね」

「くどい」

白岩は身体をおこした。

それを見て、和田が正面のソファに腰をおろした。

「ちかごろ、嫌な夢を見るようになりまして」

「わいが霊柩車で運ばれるのか」

「なんてことを」和田が目をむいた。「冗談でも口にしないでください」

白岩は首をすくめ、煙草をくわえた。ふかし、話しかける。

「何を心配している。また金子と石井に吹き込まれたか」

「そんな言い方はお二人に失礼です。事始めまで半月ほど……金子さんも石井さんも
ろくに眠れないのでしょう」

「そんなことで極道が務まるんか」

「自分もお二人とおなじです」

「…………」

それで、願掛けか。

そのひと言は胸に留めた。自分への好意に対し失礼である。

煙草で間を空ける。

きのうの夕食の席で、金子は本家にまつわる話をしなかった。

それが逆に気になる。歯に衣着せぬ性格だから、口をつぐんだときの金子は何をしでかすかわからない不気味さがある。

石井は口数すくなく、慎重居士だが、決断したあとの胆は据わる。

「何を聞かされた」

「具体的には何も……しかし、金子さんは不穏な空気を感じているようです。石井さんも、事始めにむけて、一門の結束を強める必要があると」

「事始めに何かがおきるという情報があるわけやないのやな」

「おきてからでは手遅れになりかねません」

ああ言えばこう言う。

無骨者の気質は変わりようがないけれど、口は達者になってきた。

電子音が鳴りだした。

白岩はポケットの携帯電話を手にした。探偵の長尾からだ。

「わいや」

《きのう、清原と一緒にいた男の素性が知れた。ひとりは内田土建の社長……柳井組の企業舎弟と目されている。もうひとりはデータにヒットしない。四十年輩。紺色のスーツに茶色の鞄を提げていた。風体も顔つきも堅気に見える》

「上着の襟にバッジを付けていなかったのか」

《あっ……時間をくれ。確認する》

「こっちでやる。パソコンに二人の写真を送れ。土建屋のデータも頼む」

通話を切り、坂本を呼んだ。

インターネットは苦手である。スマートフォンは持ったことがない。

坂本が和田のとなりに座り、タブレットにふれる。

「和田、水割りを頼む」

席をはずさせたかった。和田の頭の中は一成会の事始めのことで一杯だろう。心配事を増やすのはかわいそうだ。

和田が黙って席を立った。以心伝心。そういう間柄になってきた。

「これです」

坂本がタブレットの向きを変えた。

ひと目見て、顔をあげる。

「スーツの男の写真を優信調査事務所の木村に送れ」

「いきなりですか」

「鶴谷に送っても、おなじことをする」

「わかりました」

坂本が送信して一分と経たないうちに電話がかかってきた。

《木村です》

「体調はどうや」

《便秘がつらいです。が、仕事はできます》

退院した日に、木村から連絡があった。

術後の経過は良好だが、腸管が細って便秘状態が続いていると聞いた。医師からは大腸の機能が回復するにはひと月はかかると言われたそうである。

「むりはするな」

《はい。大阪に来たら縁を切ると……鶴谷さんに言われました。ところで、いま届いた写真の男は何者ですか》

「わからん。で、おまえに送った。襟のバッジで会社を特定できるか」

《お安いご用です。が、身元の特定には時間がかかるかもしれません》

「とりあえず、会社がわかりしだい、連絡をくれ」

《承知しました。白岩さん》声音が変わる。《順調なのですか》

「そんな仕事があったか」

苦笑が聞こえた。

「でかいクソがでるようになったら大阪に来い。うまいもん、食わしたる」

言い置き、携帯電話を畳んだ。

★

★

水曜の午後五時、優信調査事務所の江坂が部屋にやってきた。

ソファで向き合い、コーヒーを淹れてやる。

「西本興業の野添はどうしている」

「社内にいます」声も表情も沈んでいる。「監視に気づいているのか、警戒しているのか、野添は動きません」

毎日数回、江坂から報告を受けている。

鶴谷が西本興業を訪ねたおとといの夕刻、野添は古谷会長の自宅へむかった。あとでわかったことだが、古谷は週に一、二度しか出社しないという。先週末にテレビ局の幹部社員らとゴルフをしたあとは自宅にこもり、犬を連れて散歩する姿だけが視認されている。野添以外の訪問者もいなかった。

「野添に会ってまだ三日目……地蔵じゃあるまいし、そのうち動く」

動かなければ、動くように仕掛ける。そのための材料を集めている。

コーヒーを飲み、煙草を喫いつけてから言葉をたした。

「誰が見張っている」

「照井です。自分が離れる前に吉原が合流しました。古谷には上田がつき、鶴谷さんが車を使わないときは吉原をサポートさせています」

「辻端が会った連中の素性は知れたか」

おとといはミナミ、きのうは梅田で会食をし、夜の街に流れた。

「はい」江坂が手帳を開く。「おとといは湯川という弁護士……大京電鉄の顧問をしています。きのう会った二人はいずれも市の幹部職員でした」

「どうしてわかった」

「宗右衛門町と北新地で遊んでいる間に吉原と下川を合流、三人を尾行させ、住所と氏名が判明しました」

言って、三枚の写真をテーブルにならべた。

「右から湯川、市の政策企画室の荻野《おぎの》、都市計画局の室井……どちらも次長です。三人の個人情報は、きょうの昼過ぎ、所長にお願いしました」

「木村はどうしている」

「おととい退院し、オフィスに直行したようです」

「大丈夫なのか」

江坂が肩をすぼめた。

木村は病状を教えず、江坂も訊かなかったということか。訊いてもまともな答えが返ってくるとは思えない。仕事に専念しろと怒鳴られるのがおちだ。

鶴谷は煙草をふかした。

木村の身体を案じても、他人の意思や決断に対してとやかく言わない。身勝手に生きる己と交わした約束事である。

江坂がコーヒーを飲み、セカンドバッグから紙を取りだした。

「これは、古谷と野添、辻端のスマホの通話記録と、ＧＰＳの追跡記録……さきほど東京から届き、鶴谷さんに説明するよう指示されました」

「…………」

鶴谷は苦笑をこぼした。

木村は、オフィスで仕事を始めたことを知られたくないのか。自分によけいな心配をさせまいとの配慮か。どちらにしても、じっとしていられないのだ。

「いずれも通話記録は直近三か月、GPSはひと月……GPSは時間を要するので、さかのぼって解析中とのことでした」ひとつ息をつく。「まずは辻端のほうから……鶴谷さんが依頼を請けた直後からの動きを報告します」

「待て」

声を放ち、壁際のワゴンテーブルにむかった。

ウィスキーの水割りをつくって戻り、ひと口飲んだ。

江坂が報告を続ける。

「二十二日の午前十一時前、辻端は湯川のケータイに電話をかけています。通話時間は約十五分。そのあと、女房に、これから帰る、というメールを送るまで、自分のスマホは使用していません。土日も電話、メールとも未使用で、おとといの月曜は午前十時過ぎ、湯川と電話で話しました。こちらは五分ほどです」

「社内にいたのか」

「はい」

鶴谷は視線をおとし、辻端のスマートフォンの通話記録に目を通した。

「利用回数がすくないな」

「ええ。家族のほか、この三か月、電話で話した相手は八名です。メールのやりとりをした相手は四十人を超えているので、使い分けをしているのでしょう」

鶴谷は、八人の氏名と職業、通話回数を確認した。

湯川とのやりとりがめだつ。今月に入ってからは三日にあげず話している。

西本興業とのトラブルの件で相談していたのか。大京電鉄はほかにも面倒事をかかえているのか。鶴谷が依頼を請けたあとも湯川に接触しているのだから、別の手段も講じているとも考えられる。

企業とはそんなものだ。どこの馬の骨ともわからない、カネで雇った捌き屋と命運を共にする企業など存在しない。

百も承知の上で依頼を請けている。仕事の邪魔になれば誰でも、依頼主側の者であっても容赦なく潰すだけのことだ。

鶴谷は話を先に進めた。

「市の職員は、都市交通局の武田と政策企画室の荻野の二人……きのう会った都市計画局の室井とのやりとりはないのやな」

「はい。武田局長と荻野次長とは電話のみで、メールでのやりとりはありません」

鶴谷は頷いた。

大京電鉄が交渉している相手は武田と荻野ということか。どちらとも文言が記録に残るメールは避けている。さらに着目すべきは二人との通話回数。西本興業が基本合意の破棄を通告して以降、武田との通話回数が増えている。

ふかした煙草を消し、口をひらいた。

「GPSで、辻端と武田の接点の有無を確認できるか」

「はい。吉原にやらせます」

江坂がタブレットを操作する。

鶴谷はイヤフォンを耳に挿し、スマートフォンにふれた。

《木村です》

元気な声がした。鶴谷からの連絡を待ちわびていたかのようだ。

「四人ほど送れるか」

《もちろんです。車でむかわせてもいいですか》

「そのほうが仕事しやすいのか」

《使い慣れていますし、通信面で迅速に対応できます》

「まかせる」

《では、アルファードで四人を……遅くともあすの夕方には着くと思います》

「頼む。それと、書くものはあるか」

《どうぞ》

　木村が即座に返した。

「大阪の稲垣法律事務所……所長の稲垣恵介と所属弁護士の伊東貴俊の個人情報がほしい。稲垣は西本興業の顧問を務めている。伊東は柳井組の関係者の弁護を担当したことがあるそうだ。その資料も集めろ」

　ゆっくり話した。

　白岩によれば、おなじことを鈴村弁護士に依頼したという。鈴村なら結果をだしてくれるだろうが、情報が多ければ精度があがり、選択肢も増える。

　水割りで間を空け、話を続ける。

「あと三人……大阪市の都市交通局の武田局長、政策企画室の荻野次長、大阪此花区にある内田土建の内田社長……内田は柳井組の企業舎弟らしい」

《承知しました。いただいた電話で恐縮ですが、バッジの男の素性が判明しました。大阪市港湾局の合志課長です。いま個人情報を集めています》

おととい、柳井組の清原と宗右衛門町で遊んでいた男である。きのうの夜、白岩と木村の両方から報告があった。

「応援の四人をどう使うか、江坂と相談する。いいか」

《どうぞ。自分には気兼ねなく》

木村がうれしそうに言った。

鶴谷が江坂を信頼していると感じたのか。だとしても、否定はしない。肯定もしない。仕事と割り切っている。

通話を切り、あたらしい煙草をくわえた。火を点け、紫煙を吐く。

「吉原はデータ解析に専念させろ」

「…………」

江坂が眉を曇らせた。

粗相がありましたか。そう訊きたそうな顔になった。

「得意分野なんやろ」

「車がなければ不便でしょう」

「必要なときは言う」

「では、アルファードを……照井に運転させます」

「わかった。それと、大京電鉄の辻端は監視対象からはずせ」

江坂がボールペンを持った。

「監視対象者を教えてください」

「西本興業の古谷と野添は継続……稲垣法律事務所の稲垣、都市交通局の武田をあらたに加える。二人の個人情報は追って木村から届くやろ」

「ほかはいいのですか」

「必要が生じれば指示する」

鶴谷はそっけなく返した。

江坂の頭には木村に指示したことが残っているのだ。

内田土建の社長と弁護士の伊東が気になっているのか。

鶴谷も無視したわけではない。が、どちらも柳井組が関係している。裏社会の者とつながっている連中は白岩と探偵の長尾に頼るつもりだ。

「吉原をのぞく八人の班分けは自分がやってもいいですか」

「もちろんや」

さらりと返し、腕の時計を見た。

北新地のはずれにある『ＡＮＡクラウンプラザホテル』のロビーは混雑していた。笑顔があふれ、大阪の景気の良さがわかる。

東和地所の杉江は壁際に立っていた。目が合うと表情を崩した。

――こんや、お時間は空きますか――

午前中に電話があり、杉江はいきなりそう切りだした。否も応もない。打診とはほど遠い声音だった。

鶴谷は近づき、声をかけた。

「わざわざ来てくれたのか」

「そういうわけではありません。あすの午前にこちらで会議がありまして……出席するか迷っていたのですが、あなたに会いたくなりました」

「北新地の女の間違いやろ」

「まあ、それもあります」

「で、このホテルをとったのか」

「酔っ払っても歩いて帰れます」

杉江が眦をさげた。

無視し、鶴谷はエレベーターホールのほうへ歩きだした。

六階の中国料理『花梨』で食事を済ませ、二階に移った。『ザ・ライブラリーバー』は欧州風のシックな店で、客の大半は中年の男だった。

カウンター席に座り、二人ともウィスキーの水割りを注文した。

鶴谷は煙草をふかし、バーテンダーが離れるのを待って話しかけた。

「耳寄りな情報を摑んだのか」

「お役に立つかどうかはわかりませんが」杉江が目元を弛めた。「お話しする前に教えてください。大京電鉄には万博の跡地に複合ビルを建てる計画があるそうですが、ほんとうなのですか。その件でトラブルが発生したのですか」

「石崎に聞いたのか」

「いいえ。複合ビルの件は関西財界でうわさになっているようです」

「否定はせん」

にべもなく言い、鶴谷は水割りを飲んだ。

杉江といえども筋目は違えられない。が、精一杯の誠意は示したつもりだ。

「わかりました。わたしが得た情報は万博跡地に関することです」

「…………」

鶴谷は無言であとの言葉を待った。

杉江がグラスを傾けてから口をひらいた。

「その万博跡地ですが、関西電鉄が動いているそうです」

「どういうふうに」

「跡地の再開発事業です。メインデベロッパーをめざし、夢洲を所有する大阪市と交渉を行なっているとも聞きました」

「情報元は確かなのか」

「断言はしません。が、首都圏で関西電鉄と事業提携している東京の同業者からの情報です。わたしとは旧知の間柄で、信憑性は高いと思われます」

「…………」

鶴谷は視線をそらし、バックバーを見た。

淡い照明を浴び、ボトルがきらめいている。

それにむかって紫煙を吐き、視線を戻した。

「市との交渉は順調に進んでいるということか」

ほかには考えられなかった。

親しい間柄であればなおさら、うわさに毛の生えたような情報は話せない。

「そう判断してもいいかと……ただ、関西電鉄が関西を、いえ、日本を代表する企業とはいっても、あれほどの土地を一社で手がけるのは大変なことです。相当な資金と、周到な準備が必要です」

「交渉段階にあるのなら、基本構想はできあがっているのだろう」

「そうだと思います。が、カネも人も動くのはこれから……市の内諾を得れば、基本設計にむけて一気に加速します」

鶴谷は頷いた。

関西電鉄と大阪市の交渉はその手前まで進んでいるということか。

「情報元は、大京電鉄の動きも把握しているのか」

「どこまで把握しているのか、わかりません。関西電鉄の話のついでに、大京電鉄のことがでたようなもので……関西の複数の企業が万博跡地に目をつけているとか。ちなみに、大京電鉄がトラブルをかかえていることは知らないようでした」

「あんたも知らんほうがいい」

「そうですね。しかし、あす、関西財界の昼食会に招かれました」

「あ、そう」

そっけなく返し、鶴谷は煙草を消した。

生臭い話はここまでだ。


白岩がソファに寝転んでいる。鶴谷の顔を見ても起きようとしない。

白のジャージの上下。動物園の檻で巨体を持て余す北極熊のようだ。

「どうした。ふて寝か」

笑って声をかけ、鶴谷はソファに腰をおろした。

「わかっているのなら、何とかせんかい」

怒ったように言い、白岩がそろりと身体をおこした。

「何を」

「いつまでわいを放っておく気や」

「遊びたいのか」

「ほざいとれ」

坂本がお茶を運んできた。

「鶴谷さん、お食事は」

「済ませた」

午後一時半を過ぎたところである。

「おいしいカステラがあります。好子さんにいただきました」

鶴谷はサイドボードに視線を移した。

楓が色を濃くしている。

白岩が坂本に声をかける。

「わいに二切れ」

「はい。鶴谷さんにも運んできます」

言って、坂本が立ち去った。

鶴谷は煙草を喫いつけた。

「昼飯を食ってないのか」

「身体が鈍《なま》って、食欲がない」

「働かざる者食うべからずや」

「おまえが説教を垂れるな」白岩がお茶を飲む。「わいの出番が来たんか」

「情報の分析が先や」

「難儀しとるんか」

「トラブルの背景が見えてこない。とくに、西本興業はどうして大京電鉄との共同事業の見直しを決めたのか。それにまつわる情報は皆無や」

「愚痴を垂れに来たんかい」

白岩が突き放すように言った。

坂本がカステラを運んできて、すぐに消えた。

鶴谷はカステラをつまんだ。しっとりとして、濃厚な味がする。ひと切れ食べ、お茶を飲んでから話しかけた。

「きのう、東和地所の杉江と会った」

切りだし、杉江の情報を詳細に教えた。

話しているうちに白岩の眼光が増した。

それを見て、鶴谷は意を強くした。白岩の感性は鋭い。獲物を見極める嗅覚は野生動物のようである。

きのうは杉江と午前二時ごろまで北新地で遊び、しこたま飲んだ。それでも、なかなか寝付けなかった。杉江の情報のせいである。

――その万博跡地ですが、関西電鉄が動いているそうです――

――どういうふうに――

――跡地の再開発事業です。メインデベロッパーをめざし、夢洲を所有する大阪市と交渉を行なっているとも聞きました――

杉江は情報の信憑性は高いと言い切った。

――市との交渉は順調に進んでいるということか――

――そう判断してもいいかと……ただ、関西電鉄が関西を、いえ、日本を代表する企業とはいっても、あれほどの土地を一社で手がけるのは大変なことです。相当な資金と、周到な準備が必要です――

――交渉段階にあるのなら、基本構想はできあがっているのだろう――

――そうだと思います。が、カネも人も動くのはこれから……市の内諾を得れば、基本設計にむけて一気に加速します――

杉江のもの言いは説得力があった。

が、情報のすべてではなく、鶴谷の頭の中には部分的な言葉が残っていた。

――メインデベロッパーをめざし――

――あれほどの土地を一社で手がけるのは大変なことです――

――基本設計にむけて一気に加速します――

あのとき、あんたがデベロッパーならどう計画を立てる、と訊きそうになった。

ひとつの絵図がうかんだときは窓のそとが白んでいた。

　白岩が太い首を右に左に傾ける。思案中の癖だ。ややあって、口をひらいた。

「大京電鉄は、関西電鉄の動きを知っているのか」

「わからん」

「知っているとして、なんでおまえに話さんのや」

「それよ。西本興業の計画見直しと関西電鉄の事業計画はつながっているような気がする。が、大京電鉄は西本興業とのトラブルに関西電鉄を絡めたくない……それは、なぜか。疑念を解く前に、西本興業と関西電鉄の接点の有無を確認したい」

「見えてきたやないか」

　白岩の声がはずんだ。

「で、おまえに頼みがある」

「言え」

「ＫＲＫの生方に、関西電鉄の動きを調べさせてくれ」百万円をテーブルに置く。

「市のどの部署の誰に接触しているのか。交渉はどこまで進んでいるのか」

「…………」

　白岩が眉根を寄せた。

生方には無理な注文なのか。ほかに不安があるのか。

そんな表情に見えるが、口にはしない。白岩がやらせるのはわかりきっている。

先のことを想像しても意味がない。どう動くか、どう動かせるか。結果や結末を想定して調査を行なうのは愚の骨頂で、判断を誤る因《もと》でもある。

でたとこ勝負の白岩ならなおのこと、行動に迷いはない。

白岩が表情を戻した。

「大京電鉄は市と交渉していると言うたな」

「ああ。交渉相手は都市交通局の武田局長と、政策企画室の荻野次長やと思う。おとつい、大京電鉄の辻端が荻野と都市計画局の室井次長と食事をした。辻端は、荻野と頻繁に電話でやりとりをしていた。武田とも……とくに、西本興業が合意破棄の通告をしたあと、通話回数が増えている」

「メインは武田というわけか」

「GPSで、辻端と武田の接触も確認できた」

きょうの昼前、江坂から報告があった。ウラをとる作業をしているという。

「その手があったか」

白岩がソファにもたれ、腕を組む。

「どうした」

「生方の動きもGPSで追跡できるか」

鶴谷は目をしばたたいた。

そういうことか。そう思っても頓着しない。何らかの理由で生方を信用していなくても、白岩は利用する価値があると判断しているのだ。

「手配する。ついでに、長尾も追跡してやろうか」

「いらんことや」

白岩がにべもなく返した。

怒った顔ではなかった。

「念を押すまでもなかろうが、生方の調査結果は気にするな」

「東和地所の杉江も巻き込んだか」

白岩がにやりとした。

鶴谷も目元を弛めた。

めざめてすぐ杉江の携帯電話を鳴らしたのだった。杉江は関西財界人の昼食会に出席するという。顔見知りの同業者も何人か出席するようなので、それとなくさぐりを入れてみるとも言い添えた。

「内田土建のほうはどうする」

「港湾局の合志か。とりあえず、放っておく。合志は小物で、武田や荻野とのつながりは確認できなかった」

合志の個人情報は東京から送られてきた。

煙草をふかし、続ける。

「内田土建を介しての合志と柳井組の清原の関係は部署の中でもうわさになっているようだ。武田や荻野がそんな野郎を相手にするとは思えん」

「それなら逆に、使えるかもしれん」

「おまえにまかせる」

あっさり返した。

情報網にひっかかった者を選別、排除する段階にはない。白岩が言うとおり、舞台のそとにいる者でも利用できることはある。

白岩が腕の時計を見た。

午後二時半になるところだ。

「これからどうする。わいは生方と会う。夜は野暮用や」

「身内と密談か」

「鋭いのう」白岩が目で笑う。「金子と石井は小姑や」

「そんなことを言うたら罰があたるぞ」

「わかっとる。で、おまえは」

「鈴村さんの顔を見に行く」

「会うのはあれ以来か」

鶴谷はこくりと頷いた。

八年前になるか。最後に会ったのは鈴村の妻の告別式の場である。妻は自宅で倒れ、鈴村が帰宅したときは冷たくなっていたという。心筋梗塞だった。妻の七回忌法要にも参列する予定だったが、銃弾を浴びて入院を余儀なくされ、断念した。

白岩が口をひらく。

「身体が空いたら連絡する」

「いらん。やることが山のようにある」

「好きにさらせ。けど、夜のミナミや難波には近づくな」

「約束できん。仕事ならどこにでも足をむける」

白岩が顔をしかめた。

「あっち方面に行くときは事前に連絡せえ。長尾を張り付かせる」

「長尾は誰を監視している」

「柳井組の関係者よ。古巣の連中に手伝わせているそうな」

「頼りにしていると伝えてくれ」

言い置き、鶴谷は席を立った。


すこし痩せたか。

鶴谷が部屋に入るや、鈴村が相好を崩した。目尻の皺が増え、頬がこけた。首も細くなったような気がする。

「お変わりないですか」

声をかけ、ソファに腰をおろした。

「見てのとおり。元気なつもりだが、寄る年波には勝てん」

「幾つになられました」

「四年後には後期高齢者になる」

「まだまだじゃないですか。いつまでも光義のお目付け役でいてください」

「あかん。あいつは天然の極道……鎖につないだとたんに腐ってしまう」

鶴谷は笑って返した。反論の余地はない。

事務員の誠子がお茶とクッキーを運んできた。

礼を言って、視線を戻した。

「後先になりましたが、ご面倒をおかけしています」

「なんの」鈴村が鷹揚に言う。「あんたのことだ。やれることはやる」

「ありがとうございます」

鶴谷は深々と頭をさげた。

鈴村がずっと自分のことを気にかけているのは白岩から聞いている。

「あんたの活躍は耳にしている」

「…………」

鶴谷は口を結んだ。

一寸先は闇の世界です。

そのひと言は胸に留めた。鈴村の心に対して非礼である。

「やっかいな事案を請けたもんだ」

鈴村が独り言のように言った。

「筋が通っていれば請ける。依頼の内容で判断することはありません」

「捌き屋の筋目か」

鈴村が目を細めた。

天然のアホがもうひとりいる。

そう言っているような、やさしいまなざしになった。

「白岩に渡した資料は読んだか」

「はい。で、お願いがあって参りました」

「…………」

鈴村の表情が締まった。

「弁護士の稲垣について調べていただけませんか」

「やっているよ。白岩に頼まれた。頼まれなくても、やっていた。稲垣さんはあんたの的に近い人物だからね」

「恐れ入ります」

鈴村がふりむき、デスクの紙を手にした。

「まだ調査中だが、彼は夜の街でも名を売っているそうだ」

「家族は」

「五十四歳で独身。婚歴もない。が、互いのマンションを行き来する女がいる」

「何者ですか」

「宗右衛門町のクラブで働いている。彼の支援もあるのだろう。この二年間、女は店のナンバーワンの座を守り続けている」

「店名と源氏名を教えてください」

「これに書いてある」

鶴谷は渡された紙を見た。

「無闇に近づかないほうがいい。その店には西本興業の野添常務も柳井組の清原組長も出入りしている。さらにいえば、野添は十年ほど前からその店に通っていて、稲垣さんの女を席に呼んでいたそうだ」

「…………」

関係ないです。

そのひと言も口にはできない。

「稲垣は野添に連れられてその店に行った……そういうことですか」

「そう推察するが、ウラはとれていない。なにしろ人手不足で……刑事崩れでもないかぎり、法律事務所の調査員をやりたがるやつなどいないからね」

「稲垣のほうは自分が引き継いでもいいですか」

「かまわんが、そっちは人手がたりているのか」

「なんとか……白岩のコネもあります」

「そうか。が、無茶はするな」

「はい」

鶴谷は素直に返した。


一時間ほどで鈴村の事務所を去り、ホテルに戻った。仕事で訪ねたのだが、鈴村の顔を見て気持が軽くなったような気がする。

スエットの上下に着替えてソファに寛いだところにスマートフォンが鳴った。くわえ煙草で画面を見る。南港建機の茶野である。北新地の小料理屋で面談して以来、電話でもメールでもやりとりしていなかった。

「先日はお時間を割いていただき、ありがとうございます」

《そんな肩苦しい挨拶はせんかて……お仕事は順調でっか》

気さくなもの言いに、茶野のまるい顔がうかんだ。

「ぼちぼちです」

《あんたなら大丈夫……万博跡地の件で、耳寄りな情報が入ったで。その話をする前に教えてくれんか》

「何でしょう」
鶴谷は煙草をふかした。警戒心はめばえていない。
《先日、あんたは大京電鉄の話をしたが、捌きに関係があるのか》
「大京電鉄は依頼主です」
即座に答えた。
大京電鉄への信義はあるが、協力者への恩義も粗末にはできない。
《それなら話が早い。関西電鉄が万博跡地の再開発にむけて動いている。しかも、跡地のすべてを活用するというとんでもないプロジェクトや》
「その計画、実行に移っているのですか」
《すでに地主の大阪市との本格交渉に入っているそうや》
「交渉は進展しているのですか」
《そこはわからん。けど、情報は確かや。ネタ元は古くからの同業で、関鉄不動産の仕事を多く手がけとる》
「助かります」
口調も軽くなった。
杉江と茶野の情報がかさなり、視界が開けてきた。

茶野が続ける。
《市との交渉がまとまれば、大京電鉄の複合ビル計画は吹っ飛ぶで》
「大京電鉄のほうも調べたのですか」
《そら、気になるがな。あんたには複合ビル建設はむりやと言うたが、あんたがうわさ話をするとは思えん。で、同業や市の関係者にさぐりを入れてみた。情報を総合すると、大京電鉄も市と交渉中で、こちらは順調に進んでいるようや》
「それでも吹っ飛びますか」
《疑う余地はない》茶野が語気を強めた。《関西電鉄には業界大手としてのプライドがある。夢洲の南岸か東岸の端ならともかく、夢洲駅の前に大京電鉄のビルが建つなど許されんことや。たとえ大阪市がその気でも、潰しにかかる》
「…………」
鶴谷は苦笑を洩らした。
《けど、あんたを頼ったということは、大京電鉄も退く気はなさそうや。市との交渉に手応えを感じているのか。社運を賭けたか》
「どういう意味です」
《いまの時代、電鉄事業だけでは生き残れん。大京電鉄は、これからも成長が見込めるレジャー産業やエンタメ事業に意欲を見せているとも聞いた。夢洲駅前の複合ビルを足場に、万博跡地に自社のエリアを拡大する計画もあるそうやさかい、関西電鉄に一矢報いようとするわな》

鶴谷は首を左右にふった。

できますか。訊きそうになった。自分に問いかけているようなものである。

《市との交渉で先行する複合ビルの予定地は何としても確保する……その一念で、名うての捌き屋にすがった》

頭の中を見透かしたかのような言葉が胸に突き刺さった。

が、気にしない。請けた仕事はやり遂げる。それだけのことだ。

小料理屋での茶野の言葉がよみがえった。

――地主でいるのか、事業主になるのか……行政は思案の為所よ――

ふかした煙草を消し、口をひらく。

「市はどう決断すると思いますか」

《わからんよ。そっちの情報はない。ただ、関西電鉄が一手に万博跡地を再開発するとなれば、市側のリスクはゼロに等しくなる。関西電鉄は多方面で事業を展開しているさかい、万博跡地の地代だけやなく、余禄も見込める》

「関西電鉄と大京電鉄……虎と猫というわけですか」

《だとしても、いまは五分……猫が虎の首筋を咬むのを見とうなった》

「どうぞ、夢の中で」

茶野が高笑いを放った。

鶴谷は通話を切った。

水割りに氷をたし、あおるように飲んだ。

神経を刺激するようなやりとりだった。が、平静を保てている。

理由は明快である。

杉江と茶野の情報がかさなって描けた絵図には一枚のピースが欠けている。

二人とも西本興業の名前を口にしなかった。

もうひとつある。

市の構想では万博跡地をエンタメ・レクリエーションエリアと位置づけており、関西電鉄がそれを無視するとは思えない。他方、西本興業はエンタメ事業の雄で、関西では他社の追随を許さない。近年はエンタメ事業に本腰を入れている関西電鉄といえども、西本興業には実績と知名度で遠く及ばない。

首をひねり、あたらしい煙草をくわえた。

吐いた紫煙の中に別の絵図がうかんだ。

「失礼します」

声のあと、江坂が顔を覗かせた。

ホテルに戻る途中で江坂に電話し、部屋に来るよう伝えていた。一々ドアを開けに行くのは面倒なので、江坂にはカードキーを渡してある。

「一杯、いただいていいですか」

「ああ」

ワゴンでウィスキーの水割りをつくり、江坂が正面に座した。

「さきほど、補充の四人が到着しました。鶴谷さんの仕事をした者ばかりです。資料とこれまでの報告書を見せたあと、照井を残し、現場へむかわせました」

言って、江坂がグラスを傾けた。咽が鳴る。

「監視対象者に動きはあったか」

きのうの深夜にメールで届いた報告書には目を通した。

西本興業の古谷会長と野添常務、弁護士の稲垣、都市交通局の武田局長。稲垣がクライアントと思しき人物と北新地で遊んだ以外、気になる動きはなかった。

江坂がグラスを置いた。

「古谷が動きました。午前十一時過ぎに車で自宅をでました。行先は茶屋町の関鉄インターナショナルホテル。そこで行なわれた関西財界の昼食会に出席しました」

「…………」

眉根が寄った。

──あす、関西財界の昼食会に招かれました──

東和地所の杉江の言葉がうかんだ。

あれから杉江とは電話でも話していない。

関西電鉄系列のホテルで行なったということもひっかかった。

「どれくらい出席していた」

「三十人ほどだったそうです。ほぼ全員の写真を撮れたので、照会中です」ひとつ息をつく。「そのあと、古谷はラウンジに移りました。同行者は二名……こちらは素性が知れました。関西電鉄の専務取締役で、統括事業本部長の渡辺哲と、関鉄エンタープライズ社長の植田幸正。関鉄エンタープライズは関西電鉄統括事業本部が直轄する百パーセントの子会社です」

「近づけたのか」

「いいえ。ラウンジといってもメンバー専用の特別室だそうです。そこに小一時間ほどいて、古谷は自宅に帰りました」

鶴谷はソファにもたれ、天井を見た。

ようやくつながった。

そう思うが、それが欠けたピースにぴたりと嵌るのか。

「どうかしましたか」

声がして、視線を戻した。

「なんでもない。続けてくれ」

「都市交通局の武田も昼に動きました。政策企画室の荻野が一緒でした。二人は北浜にある鰻屋に入り、一時間ほどで店を出ました」

「誰かと会ったのか」

「それがわかりません。鰻屋は一階から五階まであり、個室もあるそうなので、どの階にいたのかも不明です。店を出るときも二人でしたが、自分は気になり、武田と荻野のケータイの通話記録を入手するよう東京に手配しました」

鶴谷は反応しなかった。

江坂が神経を尖らせているのはわかる。人間の勘というものはあなどれない。が、しょせん勘は推測とおなじ範疇《はんちゅう》にある。

腕の時計を見て、煙草を消した。

「七時に一階まで降りて来い」

「でかけるのですか」

「散歩よ」

「車は」

「要らん。ミナミに行く」

言い置き、腰をあげた。

★　　★

《犬山が事務所を出た。嫁が尾行している》
探偵の長尾が早口で言った。
「それがどうした。懐に拳銃をのんでいるのか」
《そうやないが、前回とおなじメンバーや》
「ん」眉根が寄る。「鶴谷がご対面した連中か」
《ああ。黒のミニバンに乗り、ミナミの方面へむかっている》

白岩は時刻を確認した。午後十時半になるところだ。

「このまま待て」

通話を切り替え、鶴谷のスマートフォンを鳴らした。が、でない。舌を打ち鳴らしたところにメールが届いた。

――宗右衛門町のクラブ・リラにいる。来るなよ――

顔がゆがんだ。

「わいや。鶴谷は宗右衛門町のクラブ・リラにおる。古巣の仲間に連絡し、宗右衛門町へむかわせろ」

怒鳴るように言いながら、ジャージを脱ぎ捨てる。

坂本が飛び込んできた。血相が変わっている。

《鶴谷さんを移動させたほうが……》

「尻尾を巻いて逃げると思うか」

《わかった。大至急、手配する》

通話が切れた。

白岩は隣室に移り、着替える。

坂本が声を発した。

「親分、何があったのですか」

「話はあとや。車を用意せえ」

オフホワイトのとっくりセーターにダークブラウンのズボン。動き易い。黒のブルゾンを手に玄関へむかった。

坂本の目がぎらついている。

白岩は視線をさげた。

「ジャンパーのファスナーを降ろせ」

坂本が言われたとおりにする。

左の脇腹に拳銃をかかえていた。

「どあほ。置いてこい」

怒鳴りつけ、白岩はメルセデスの助手席に乗った。

車が発進してすぐ携帯電話が鳴った。長尾だ。

「わいや」

《手配した。が、犬山らが動く前に車を止められる》

「なんで」

《車のナンバーは登録されていないことが判明した》

「忘れろ。連中の行先と目的が知りたい」
《鶴谷さんに接近したらどうする》
「…………」
言葉に詰まった。
鶴谷を襲うのが目的だとしても、クラブに乗り込むことはないだろう。路上で待機し、隙を見て襲撃するのが常道である。
が、犬山は難波の狂犬ともいわれている。弟分の金子によれば、犬山は感情を表にださず、何をしでかすかわからない不気味さがあるという。
《どうする。仲間をクラブに入れるか》
「わいが着く前に、連中がクラブのビルに足を踏み入れたら職務質問をかけろ」
《ちょっと待ってくれ》
通話が途切れた。誰かと話しだしたか。ほどなく声がした。
《車はミナミに入った。徐行し、空きの駐車場をさがしているようや》
「おまえはどこや」
《もうすぐ宗右衛門町に着く。あんた、自分でケリをつける気か》
「連中の出方次第よ。鶴谷に用があるのなら、わいが相手をしたる」

《止めはせん。けど、警察沙汰にはするな。古巣の連中も庇い切れん》

「覚えておく」

通話を切り、窓のそとを見た。

本町にさしかかるあたりか。宗右衛門町のクラブに着くまで十分はかかりそうだ。

坂本が話しかける。

「鶴谷さんが狙われているのですか」

「わからん」

「相手は誰です」

「誰でもええ」

ぞんざいに返した。

話をするだけでいらいらが募る。

交差点を左折し、メルセデスが宗右衛門町に入った。

携帯電話が鳴る。

《犬山がひとりで喫茶店に入った。ほかの二人は通りを歩いている》

「見えるのか」

《ああ。ぶらぶらと……あわてる様子はない》

「犬山も監視しているのか」

《嫁も喫茶店にいる。犬山はひとりで、新聞を読んでいるそうや》

「わいも着いた。どこにいるか、目印を言え」

《ドン・キホーテの近く……二人は道路向かいを歩いている》

「クラブは近いのか」

《逆方向や。犬山がいる喫茶店の斜め前の路地を入ったところにある》

「…………」

白岩は首をまわした。

ひらめき、声になる。

「仲間はクラブにも張り付いているのやな」

《店の前の路地とビルのエントランスと通りにひとりずつ》

「おまえはクラブに急行せえ。わいも行く」

坂本に声をかける。

「降りる。ドン・キホーテの近くの路上で待っとれ」

言いおわる前に助手席のドアを開けた。

目が合うなり、長尾が近づいてきた。

「俺の早とちりかな」

「そんなことはない。犬山は喫茶店で新聞を読み、二人は散歩……そんなことをするために、わざわざこっちに来るわけがない」

「なるほど」長尾の眼光が増した。「鶴谷さんはまだ店にいるのか」

「おるやろ。わいが連絡したせいで、長《なが》っ尻《ちり》になっているのかもしれん」

「厄介な性格で」

長尾が苦笑をうかべた。

「ひねくれ者よ。が、警戒はしとるはずや」

「喧嘩のほうは」

「相手が二、三人なら一分で片が付く。わいなら十秒やが」

「相変わらずの余裕で……こんな場面でも判断は冷静や」

「ふん。鶴谷に付いている仲間は南署のマル暴担か」

「ああ」

「おまえも合流し、周囲に目を光らせろ。別働隊がおるかもしれん」

「了解」

ひと声残し、長尾が小走りに離れた。

白岩も歩き、喫茶店側の路地に入った。地味な身なりをしているとはいえ、業界筋には顔が売れている。それでなくても大柄で、頬には深い傷がある。

携帯電話を手にし、長尾の嫁にショートメールを送る。

――犬山はどうしている――

すぐ返信が来た。

――先ほどからスマホをさわっています。サングラスをかけたままなので、表情はよくわかりません――

――用心せえ。相手は狂犬や――

――ありがとうございます。でも、逃げ足は速いので、ご安心を――

やりとりをおえ、坂本に電話をかける。

「車か」

《はい。親分は》

声音が硬い。

「路上で待機や。近くにうっとうしそうなやつがおったら連絡せえ」

返事を聞かずに携帯電話を畳んだ。

五分ほど経って携帯電話がふるえだした。マナーモードに切り替えている。
「わいや」
《南署の仲間があやしい二人連れを見つけた。リラのビルから十メートルほど離れた路地角……スマホをさわり、しきりにリラのほうを見ているそうや》
「何者や」
《半グレ……二人とも前科持ちで、柳井組とつながっている》
「仲間は面識があるか」
《ひとりは取り調べもしたことがある。どうする》
「散歩中の二人連れは何をしている」
《無料案内所に入ったきり、出てこん。中の様子はわからんそうや》
「そっちにむかう。着いたら、仲間に声をかけさせろ」
《職務質問か》
「からかうだけでええ」
《どうする気や》
「二人がその場から離れたら、わいが身体を検《あらた》める」
《そんなことは……》ため息が届いた。《わかった。俺が見守る》

「頼む」

通話を切った。

長堀橋の交差点に近づくにつれて人影がすくなくなった。

前を行く二人はどちらも二十代後半か。長髪と土手のようなツーブロック。ひとりはうつむき加減に歩いている。スマートフォンをいじっているようだ。

はっとし、白岩は足を止めた。

二人の後ろ姿からは独特の気配が伝わってこない。

あわてて来た道を引き返し、後方にいた長尾に声をかける。

「案内所の二人は」

「あのあと、連絡がない」

「案内所に踏み込ませろ」

「…………」

長尾が目を見開いた。

「半グレはダミーよ」

言って、駆けだした。

南署のマル暴担に声をかけられた半グレの二人は、つっかかることもなく、その場を離れた。身体を検められるのを嫌ったのかと思ったが、そうではなさそうだ。

長尾が追いついた。

「裏から出たそうだ」

「鶴谷に付いている仲間に連絡せえ」


クラブ『リラ』があるビル前の路地に戻った。

長尾が顔を寄せる。

「右手の路地角……黒のハーフコートを着ているのが犬山の舎弟や」

白岩はちらっと視線をやった。

短髪の細身。顎をあげて煙草をふかしている。

「清原のボディーガードは」

「見あたらん。俺なら逆の路地角で見張る。仲間を動かすか」

「面倒や。が、ここは人が多すぎる。おまえ、舎弟を動かせるか」

長尾が頷いた。

「左の路地を入った先に更地がある。シートで囲ってあったはずや」

「そこまででええ」

言い置き、白岩は左の路地に入った。シートをめくり、更地に足を踏み入れる。

ほどなく咳払いが聞こえた。長尾だ。

白岩はシートの隙間から左腕を伸ばした。

細身の男が前のめりになりながら更地に入った。

目が合う前に、白岩は男の鳩尾《みぞおち》に拳を叩き込んだ。

うめき、男が身体を折る。

左腕でビルの壁に押し付け、身体を検める。ベルトに拳銃を挿していた。トカレフか。それを右手に取り、銃口を男の首にあてた。

「あっ……」

声が続かない。目の玉は飛びだしそうだ。

「的は誰や」

「な、何の話や」

「とぼけたかてむだや。清原のボディーガードが吐いたわ」

「あほな……」

頭突きを見舞う。

鈍い音のあと、ゴツンと音がした。後頭部を壁にぶつけたのだ。かまわず、右肘で左のこめかみに一撃を加えた。

男の頭がゆれた。倒れそうだ。鼻からは鮮血が滴っている。

「吐かんかい」

「鶴谷という男や」つぶやくように言う。「けど、殺るつもりは……」

「ほざくな。誰に頼まれた。清原か、おどれの兄貴分か」

「………」

男が口をもぐもぐさせた。声にならない。

「なんで鶴谷を狙う」

男が頭をふる。首がもげおちそうだ。すでに顔は血の気を失くしている。

白岩はむだだと悟った。根性の欠片《かけら》もない。

股間に膝蹴り。男はその場に頽《くずお》れた。

シートをめくり、路地に出た。

長尾が眉尻をさげていた。

白岩は拳銃を手渡した。

「仲間への気持や」

警察官にとって拳銃の押収は本部長賞ものの大金星である。

長尾が顎をしゃくる。

「野郎は」

「好きにせえ。ボディーガードは見つかったか」

「南署の仲間と鉢合わせて立ち去り、犬山のいる喫茶店に入った」

「止めを刺せ」

「はあ」

「仲間のひとりを喫茶店に入れろ。それで、連中は諦める」

「あんたは」

「せっかくここまで来たんや。マミの顔を見に行く」

「あとで合流する」

言って、長尾が携帯電話を手にした。

長尾の声は背で聞いた。

エチオピアモカのストレートコーヒーをたのしんでいるとき携帯電話が鳴った。

相手を確認するまでもない。昨夜、トラブルのあと、鶴谷に連絡しなかった。鶴谷からも連絡がなかった。自分から状況を訊くような男ではない。面倒を想定し、自分で対応できるよう準備は整えていたのだろう。
「グッドモーニング」
《ご機嫌やな》
「めざめのコーヒータイムが至福のときよ」
《哀れな男や》
鶴谷も機嫌はよさそうだ。
煙草をふかす息が届いた。
《きのう、何があった》
「わいの忠告を無視し、なんで宗右衛門町へ行った」
《弁護士の稲垣がリラというクラブにいるという情報が入った。稲垣はその店の女とデキていて、木曜は毎週のように通っている》
「収穫はあったか」
《稲垣は二人の男と心斎橋のすき焼き店で食事をし、三人でリラに入った。ひとりは市の副首都推進局の福沢局長》
「ほう」

思わず声がでた。

大阪府知事と大阪市長は大阪都構想の旗を振り続けている。副首都推進局は大阪都構想を担う部署で、新設ながらも最重要部署として認知されている。

《木村の報告によれば、大京電鉄の交渉相手と思われる都市交通局の武田は福沢の腹心ともいわれているそうだ》

「それなら、大京電鉄のことは福沢に筒抜けやないか」

《かもしれん》

鶴谷が曖昧に返した。

推測に尾ひれをつけるのを好まないのだ。

《もうひとりは、関西電鉄の執行役員で、エンタメ事業部長の酒泉や》

「主役の揃い踏みか」

《俺の舞台には一枚たりん》

「西本興業やな。けど、稲垣は西本興業の顧問やろ」

《そうやが、弁護士が直接、クライアントの事業に関わるとは思えん》

「おっしゃるとおりや」

鶴谷が大京電鉄の代理人になったことで警戒しているのか。

そう思うが口にはしない。むだなことである。
《けさから総動員し、三人の関係を調べさせている》
「東京から何人来た」
《九人……おまえにも頼みがある》
「言うてみい」
《KRKの生方を動かし、関西電鉄エンタメ事業部の動きをさぐらせてくれ》
「それだけでええのか」
《市のほうは南港建機の茶野さんにお願いしてある》
「稲垣はうちの鈴村先生か……おまえは人に恵まれとる」
《根っこは、おまえよ》
「…………」
白岩は口を結んだ。
正面切って言われると面映い。冗談で返すこともできなくなる。
《話を戻すが、きのう何があった》
「柳井組の三人……大京電鉄本社の前でおまえを出迎えたやつらが動いた。で、おまえの居場所を知りたかったまでよ」

《それだけとは思えん》
「なんで」
《俺と関わりがなければ、警戒解除の続報をよこしたはずや》
「さすが、友……三人は宗右衛門町に入った。が、そこから先は動けんかった。長尾が古巣の南署の仲間を動かし、張り付かせた」
《おまえはどうした。宗右衛門町に飛んできたはずや》
「刑事を騒動に巻き込めん。いざとなれば、わいが動くつもりやった」
《いざとならんでも動いたやろ》
白岩は苦笑をうかべた。
胸の内は見透かされている。
「わいはガラス細工か」
《そんな上等やない》
「さいですか。犬山の舎弟を捕まえ、あほなまねはするなとたしなめた」
舎弟が拳銃を所持し、鶴谷に的をかけていたことも教えた。
そのほうが鶴谷の胸の中はすっきりする。動じるような男ではない。
ソファにもたれたところで、床を踏むおおきな足音が聞こえてきた。

白岩は顔をしかめた。

誰だか考えるまでもない。こちらも想定内だが、動きが速すぎる。

「切るで」

鶴谷にひと声かけた。

携帯電話を畳むより早くドアが開き、弟分の金子が飛び込んできた。

顔は真っ赤だ。眦があがり、こめかみの血管がふくらんでいる。

遅れて、若頭の和田も入ってきた。こちらは顔が強張っている。

「なんや、朝っぱらから血相を変えて」

「血管が破裂しそうや」

「見りゃわかる。救急車を呼ぶか」

「あほくさ」

吐き捨てるように言い、金子が正面に座した。

和田が金子のとなりに浅く腰をおろした。

「叔父貴、おはようございます」

あかるい声を発し、坂本がお茶を運んできた。

「おう」応じ、金子が視線を戻した。「柳井組の組長が本家に押しかけてきた」

「会うたんか」

白岩は何食わぬ顔で訊いた。

「本家の部屋頭からの情報や。俺が飼い慣らした」

「物入りやろ」

「しゃあない。けど、ちかごろは図に乗って、飲み屋の請求書を回してきよる」

「こっちに送れ」

「そら、あかん。もしもばれたら面倒になる」

言って、金子がお茶を飲んだ。

和田は固唾《かたず》をのんでいる。

白岩は首をまわし、金子に話しかけた。

「清原は何しに来た」

「とぼけたらあかん。兄貴のことで会長に面会を求めた。会長は入院中やさかい、角野が応対し、途中から黒崎も同席した」

「…………」

白岩はソファにもたれ、腕を組んだ。迂闊《うかつ》にものは言えない。

「ほんまか」金子が前かがみになる。「きのうの夜、乾分が兄貴に痛めつけられ、あげく、南署に運ばれたと……清原はえらい剣幕やったそうな」

「売られた喧嘩よ」

「なんで売られた」

「忘れた」

白岩はさらりと返した。

鶴谷が命を狙われたことは話したくない。金子の血が滾《たぎ》る。清原も鶴谷の名前は口にしなかったはずである。

金子が眦を吊りあげた。

「兄貴、それはないやろ」

「道端でばったり……ふところに拳銃をのんでた」

「ほんまか」

「ああ。で、野郎を叩きのめし、通りがかりの刑事に拳銃をくれてやった」

金子が目を白黒させたあと、首をひねった。

「出来過ぎた話やのう」

「信じられんのなら、南署の飼い犬に確かめんかい」

そうされても構わない。

——犬山の舎弟は銃刀法違反で現行犯逮捕した。酒に酔い、宗右衛門町の路上で何者かと喧嘩になり、相手に叩きのめされた。通報で駆けつけた南署の警察官が倒れている男を発見、拳銃を押収した……そういう筋書きや。あんたの指紋は拭き取り、舎弟に銃把を握らせたから問題ない。それと、舎弟は、あんたの名前も、拳銃を所持していた理由も口にしてない——

一時間遅れで宗右衛門町のバー『elegance mami』にやってきた長尾の話である。南署のマル暴担は喧嘩についてはうやむやにするとも言い添えた。

金子の顔が険しくなっている。

「どうした。納得できんのか」

「そうやない。が、兄貴が清原の身内を痛めつけたのは事実……柳井組が牙をむいたかて、どうということはない。が、角野がうっとうしい。やつと黒崎に付け入る隙を与えたのも事実や」

「清原の要求は」

「わからん。が、あしたの夜、再度、三人で話し合うことになったそうな」

「好きにさせておけ」

「のんきなことを……」金子が眉尻をさげる。「手を組まれたら事やで」

「気にするな。白髪が増えるぞ」

金子の短髪には白いものがめだつようになった。

「ハゲになったかてかまへん。角野と張り合うのは俺の宿命よ」

「あほか」

あきれ顔で言った。

金子は意に介さない。

「角野と黒崎が清原の肩を持ち、兄貴に詫びを入れるよう要求したら、どうする」

「何遍も言わせるな。売られた喧嘩や」

「とは言うても、極道の面子《メンツ》がある」

白岩は、金子を睨みつけた。

聞き捨てならないひと言だった。

金子が言葉をたした。

「大事な事始めを控えている。そうなったら、俺に下駄を預けてくれないか」

「カネで片を付ける気か」

「その手もある」

「どあほ」怒声を発した。「おどれ、極道の看板、はずしたらどうや」

「なんやて」

金子の声が裏返った。

「おまえが考えていることは角野と変わらん。先代が泣くぞ」

「…………」

金子がくちびるを嚙んだ。

「おまえの気持はありがたく受けとる。そやさかい、ここは静観しとれ」

「兄貴がそういうのなら……けど、どうするつもりや」

「どうもこうもない。でたとこ勝負よ」

白岩は視線をずらした。

「和田、いまの話、忘れえ」

「はい」

和田が真顔で即答した。

「よし。話はここまで。蕎麦を食いに行こう」

白岩は腰をあげた。

金子の不安どおりの展開になるだろう。

それでも構っていられない。いまは鶴谷のことが最優先である。

ぬるま湯に浸り、目を閉じた。ゆっくり左腕をさする。

左の二の腕から指先にかけて、かるい痺れがある。左頬もかすかに痙攣している。

持病のパニック発作の兆候である。ひどくなれば痺れは左半身にひろがり、息苦しくなる。そうなれば身体が精神安定剤をほしがる。

どうした。

身体に問いかける。

仕事にとりかかれば緊張の連続で、常に不安をかかえている。が、仕事のことで精神が異常を来すとは思っていない。そういう経験もほとんどなかった。

精神を病んだのは潜在意識に因るものだろう。そう思うが、確信はない。一時期通った精神科の医師も発症に至る原因にはふれなかった。

二十歳のときに両親を亡くして以降、幾度か、身近にいる者の死に直面した。稼業で敵対する者に義父を殺され、木村の部下も死なせてしまった。企業間のトラブルの只中にいた者が自害したこともある。

捌き屋稼業とはそういうものだと己に言い聞かせながらも心は納得せず、後悔の念をひきずってきた。義父や木村の部下の死に顔を忘れることはない。

後悔の最たるものが白岩との待ち合わせの時間に遅れたことである。遅刻しなければ、白岩は頰に深手を負わなかった。白岩は違った人生を歩むこともできた。

昨夜の件か。

つぶやき、両手ですくった湯を顔にかけた。

——おまえはどうした。宗右衛門町に飛んできたはずや——

——刑事を騒動に巻き込めん。いざとなれば、わいが動くつもりやった——

——いざとならんでも動いたやろ——

——わいはガラス細工か——

——そんな上等やない——

戯言のようなやりとりは、胸の内のさぐり合いでもあった。確認というべきか。気性を熟知し合う仲だが、それでも一抹の不安は覚える。

白岩が自分の仕事に深入りすることも、そのために危険と鉢合わせすることも、自分に言い聞かせている。白岩を頼る己の弱さもわかっているつもりである。

だが、今回は迷いや不安を払拭《ふっしょく》できないでいる。

白岩には自分とは異なる世界がある。先代の無念、身内の期待。一身に背負い、極道社会に生きているのだ。人との縁はカネの縁と嘯《うそぶ》き、一匹狼を気取る。そんな了見のせまい男のために白岩を死なせるわけにはいかない。

——光義、おまえは前にでるな。清原がどう動こうと、手は打つな。俺の仕事や。おまえがしゃしゃりでれば、面倒が増える——

——おい——

あのときの、白岩の顔がうかんだ。

ひさしぶりに白岩がむきになった顔を見た。やんちゃなガキのようだった。

——おまえなら機関銃で蜂の巣にされても死なん——

自分が吐いた言葉を思いだした。

熱いシャワーを浴びてレストルームに戻った。水割りをつくり、ソファに座る。

水割りも煙草も美味く感じた。

夕食の時間にはまだ早い。白岩と電話で話したあと、動く前線基地のアルファードに乗って夢洲へむかった。建設現場は日々、風景が変わる。現場で作業する複数の工事関係者から工事の進捗状況を聞くことができた。昼食を済ませ、市内を回った。監視対象者の自宅や勤務先の地理を確認するためである。運転手の照井は大阪と縁がなく、地図やナビゲーターに頼っていては緊急時の対応が覚束なくなる。車に乗っているときに身体の異変に気づき、早めに引き返したのだった。

ほどなく江坂がやってきた。

「好きなのを飲め」

「コーヒーをいただきます」

江坂がマグカップを手にソファに座り、ショルダーバッグを脇に置いた。テーブルのコーヒーポットを傾け、ひと口飲んでから視線をむける。

「昨夜、何があったのですか」

「ん」

「クラブ・リラにいるとき、稲垣弁護士を監視する部下からメールが届きました。店の近くに探偵の長尾がいると……近くに花房組の白岩組長もいたそうです」

宗右衛門町の『リラ』には江坂を同行させた。稲垣の女の顔を見て、一時間ほどで引きあげるつもりだったが、その前に稲垣があらわれた。さらに、白岩から電話がかかってきた。用件は想像するまでもなかった。

──好きにさらせ。けど、夜のミナミや難波には近づくな──

──あっち方面に行くときは事前に連絡せえ。長尾を張り付かせる──

白岩の警告は無視、事前に連絡することもなく宗右衛門町にいたのだ。おそらく、白岩は長尾からの報告を受けて電話をよこしたのだと思った。長尾らは柳井組とその周辺を調査し、幹部を監視していると聞いている。

鶴谷がメールを送っても返信はなかった。

居場所さえ確認できれば、白岩はみずから対処するつもりなのか。

そう推察すれば無闇に動くわけにもいかなかった。

「それで席を立ったのか」

「ええ。報告を受けたときはキンタマが縮みました」

「そんなタマか」

「ほんとうです。が、白岩組長のことは木村から聞いています。それで、すこし安心し、あなたに報告せず、下にいる調査員に指示をだしました」

「結末は」

「何事もなく……が、ほんとうに何事もなかったのか、気になっています」

「柳井組の連中がリラの近くをうろついていたそうな」

「大京電鉄本社の前にいた連中ですか」

「そうらしい。が、連中は宗右衛門町から消えた。もう、忘れろ」

ことなげに言い、鶴谷はグラスを傾けた。

江坂がショルダーバッグを開け、紙を取りだした。

「資料が届きました」

言って、十枚ほどの紙をテーブルにならべる。

「右端は銀行口座の入出金明細書です。関西電鉄エンタメ事業部長の酒泉の口座には不審なカネの動きはありません。つぎに、市の副首都推進局の福沢……この半年間、急激に預金残高が増えています。毎月百万円から三百万円の振込みによる入金の総額は一千万円を超えています。それまでの一年間にないカネの動きです」

鶴谷は福沢の入出金明細書のコピーを手にした。

「振込人の近藤保の素性は知れたか」

「はい」江坂が手帳を見る。「新梅田企画の経理担当者と思われます。断定できないのは振込日時を元にATMの防犯カメラの映像で確認したからです。新梅田企画は関鉄エンタープライズの関連会社です」

関鉄エンタープライズは関西電鉄統括事業本部の直轄下にある。

「どんな事業をしている」

「イベント関連の企画、運営が主な事業です。木村は、新梅田企画に関する情報と、近藤の個人情報を集めています」

新梅田企画は関鉄エンタープライズの下請か、あるいは、トンネル会社か。

疑念はひろがらない。推測する段階にもない。

「福沢とおなじ期間、近藤は別の人物にも不定期に送金しています」

「何者や」

「稲垣法律事務所の伊東弁護士です」

「柳井組の刑事裁判を担当したやつか」

「ええ」

鶴谷はこくりと頷いた。

花房組顧問の鈴村弁護士によれば、伊東は在学中から稲垣法律事務所でアルバイトをしながら司法試験の準備をしていたという。稲垣とは兄弟のように仲が良く、伊東は稲垣の紹介で知り合った女と結婚したとも聞いた。

「伊東は新梅田企画の顧問をしています」

瞳が端に寄った。疑念が声になる。

「確認するが、近藤は個人口座から振り込んでいるのか」

「そうです」

「金額は」

「一回につき十万円から五十万円……半年間の合計は二百十万円です」

「………」

鶴谷はソファにもたれ、息を吐いた。

顧問料であれば新梅田企画の口座から稲垣法律事務所に振り込むのが常識である。顧問としての仕事以外に依頼を請けているということか。

稲垣は関西電鉄と西本興業の顧問を務めている。伊東は、西本興業と腐れ縁の柳井組とかかわりがある。先日、組長の清原は稲垣法律事務所を訪ねている。

トライアングルの構図が見えてきた。が、依然として思い描く風景からは一枚のピースが欠けたままである。

逸れていた視線を戻した。

「伊東の位置はわかるか」

「お待ちを」

言って、江坂がショルダーバッグからタブレットを取りだした。ＧＰＳで位置を確認するのだ。伊東がスマートフォンを所持しているのはわかっている。

画面を食い入るように見つめたあと、顔をあげた。

「茶屋町……事務所にいると思われます」

「監視をつけろ」

「はい」

江坂が携帯電話を手にし、てきぱきと部下に指示する。

鶴谷は目をつむり、ゆっくりと首をまわした。

治まったかと思ったが、まだパニック発作の症状は残っているようだ。

「大丈夫ですか」

江坂の声がして、目を開けた。

「ああ」

「では、報告を続けます。弁護士の稲垣……こちらは稲垣法律事務所から振り込まれるカネ以外にほとんど動きがありません。不自然なほどです。木村もそれが気になるようで、勝手ながら、親族の口座も調べています」

鶴谷は頷いた。

木村のやることにそつはない。

水割りを飲み、煙草をふかした。

調査員から稲垣と福沢、酒泉の三人が心斎橋で会食をし、宗右衛門町のクラブで遊んだとの報告を受けたあと、木村に連絡した。

それまでの監視対象者とはあきらかに異質の人物たちであった。カネのにおいというか、カネが動く連中である。しかも、それぞれが責任を負う立場にある。

——大物やのう——

白岩が声を洩らしたのも感じるものがあったからだろう。

江坂が口をひらく。

「福沢は飲食代金の請求書を新梅田企画に回しています」

「どうしてわかった」

「福沢の通話記録です。福沢はメールで飲食店に予約を入れていました。調査に協力してくれたのは北新地にある三店……いずれも料理屋です」

「ウラはとれたのか」

「はい。最初は渋りましたが、売上台帳で確認しました。ほかにも四店、メール予約していたのですが、協力要請は拒まれました」

協力者にはそれなりの見返りを与えたということだ。どんな機密情報もカネで入手できる時代になったが、信義を貫く者もいる。

江坂が左端の紙を指さした。

「こちらは、稲垣と福沢、酒泉の個人情報です。情報収集は継続中で、並行して入手した情報の精査を行なっていると、木村からの伝言です」

「わかった」

木村が直に報告しないのは混乱を避けるためか。現場の調査員らを束ねる江坂を信頼している証でもある。

「調査内容について説明しましょうか」

「あとでいい。読んで、気になる点があれば連絡する」

「承知しました」ひとつ息をつく。「あらたな指示はありますか」

「それもあとや」

新梅田企画のカネの動きが気になる。が、いきなり食いつくようなまねはしない。

個人情報も精読し、最善と思える手を打つ。

鶴谷はスマートフォンのデジタル表示を見た。もうすぐ午後六時になる。

「飯を食おう。といっても、ルームサービスやが」

のんびり外食をする状況ではなくなっている。

江坂も部下からの報告が気になり、料理をたのしめないだろう。

ルームサービスを注文した直後にスマートフォンがふるえだした。

画面を見て、隣室に移った。ベッドの端に腰かける。

《大丈夫なの》

藤沢菜衣の声が沈んでいる。

「何が」

《お仕事と身体……》

鶴谷は眉を曇らせた。

菜衣の不安そうなもの言いは記憶にない。

「どうして訊く」

《さっき、包丁で指を切って……傷はたいしたことないけど、初めてだったから》

「…………」

悩み事でもあるのか。

そのひと言は胸に留めた。言えば自分にはね返ってくる。

「ツルは元気か」

サンルームの水槽に棲む錦鯉を、菜衣はツルと呼んでいる。

《ええ》

「俺もおなじや」

《それならいいけど……きょう、杉江さんが来てくださる。昼間に連絡があった》
「あいつ、予約しているのか」
《初めて。コウちゃんは杉江さんとも連絡をとっていないの》
「用がない」
さらりと返した。
北新地の『ANAクラウンプラザホテル』で会ったのが最後で、以降は電話でも話していない。杉江が連絡をよこさないのは有力な情報を得られていないからだろう。自分から電話をかければ、杉江が気を揉む。そうはさせたくない。
「生きていると伝えてくれ」
《よかった》
菜衣の声があかるくなった。
「何が」
《話しているうち、コウちゃんの声が元気になった》
「気のせいや。またな」
通話を切った。
右手で左の頬にふれる。違和感が消えていた。

他愛のない会話でも、菜衣の声は精神安定剤よりも効果がある。

アルファードが徐行を始めた。

寝屋川市の住宅街に入ったところだ。民家が密集し、道幅もせまい。照井はナビゲーターと電柱の住居表示を見ながら運転しているようだ。昼間に下見した場所ではない。助手席の江坂も顔を左右にふっている。

ほどなく車が路肩に停まった。

「確認してきます」

ひと声発し、照井がそとに出た。

左側にならぶ民家の門の前まで行き、すぐに戻ってきた。

「青い屋根の二階建ての家です。表札に伊東の名前があります」

江坂があとを受ける。

「どうしますか。車がぎりぎりすれ違える道幅なので、長く停めていると苦情がでるかもしれません」

品川ナンバーということも考慮したのか。

――六時四十分にオフィスを出て、同僚の事務職員と思しき女性と新梅田食堂街にある小料理屋に入りました――

調査員からの報告を受け、鶴谷はホテルを出た。

寝屋川市にさしかかるところで続報を受けた。

――女性と別れ、たったいま大阪メトロ御堂筋線の梅田駅に入りました――

梅田駅の次の淀屋橋駅から京阪電車に乗り換えられる。

寝屋川市駅で待機する予定だったが、駅構内も駅前も人の往来が絶えず、自宅の近くで待ち構えることにしたのだった。

江坂がイヤフォンにふれたあと、顔をむけた。

「伊東が京阪本線寝屋川市駅の改札を出ました。自宅まで約八分です」

江坂の声は緊張をはらんでいた。

「駅からはこの道を通るのが近いのか」

「地図を見るかぎり、そうです」

「百メートルほど戻ったところにコンビニがあったな」

「ええ。駐車スペースもありました」

「照井、そこへ移動しろ。伊東が近くに来たら、路上に出る。念のため、江坂はここで待機しろ」

「わかりました。あとは段取りどおりですね」

「その予定や。が、相手の出方にも依る」

頷き、江坂が手を差しだした。

「これを。無線機のイヤフォンです」

江坂が降り、車が動きだした。

左回りに路地を走り、コンビニエンスストアの駐車場で停まった。

「防犯カメラがあります」

照井が小声で言った。

「気にするな。おまえ、緊張しているのか」

「はい」

「事件沙汰にはせん。運転だけに集中しろ」

「そうします」

「俺が合図したら路肩に移れ」

言い置き、鶴谷は路上に立った。

路上にはぽつぽつと人影が見える。駅前よりははるかにましだ。

――コンビニの前を通りそうです。自分は車に戻ります――

江坂が早口で言った。

鶴谷は駅のほうに目を凝らした。

五十メートルほどか。コートを着て、鞄を提げた男が見える。

伊東のようだ。背格好と身なりは聞いている。写真も見た。

あと十メートル。伊東はうつむき加減に近づいてくる。

合図を送ると、アルファードが路上に出てきた。

駆けてきた江坂が助手席に乗り込む。

鶴谷は後部座席のドアを開け、ひと息ついて待ち構えた。紺色のコットンパンツに同色のブルゾン、濃茶色のスニーカーを履いている。

ポケットのボイスレコーダーをONにし、接近する。

「弁護士の伊東さんか」

立ちふさがるようにして声をかけた。

伊東の足が止まった。

「あなたは」

「鶴谷。柳井組のことで話がある」

伊東が目を見開いた。

「なんですか、いきなり」

「話は車の中や」

伊東の右腕をとった。

伊東が抵抗する。

「乱暴は……」

声が途切れた。

脇腹に拳を叩き込まれ、伊東が腰を折った。

かかえるようして後部座席に押し込んだ。

「近くの幹線道路を走れ」

照井に声をかけ、正面の伊東を見据える。

アルファードの後部座席はテーブルをはさんで座席が向き合うよう改造され、通信機器や冷蔵庫などが搭載されている。

「こんなまねをして」伊東が声を絞りだした。顔がゆがんでいる。「警察を……」

「好きにしろ。いま、かけても構わん」

伊東が目を白黒させ、コートのポケットからスマートフォンを取りだした。

それを奪い取り、電話番号を確認する。伊東名義のもので間違いない。

「何をする」

伊東の声が引きつった。顔は青ざめている。

鶴谷は紙をテーブルに置いた。

「見ろ。おまえのスマホの通話記録や」

正確にはメールの交信履歴である。

十月分にはほぼ毎日のようにアルファベットと数字を記したメールが届いていた。

――HT 0.5 YS YG 1.0 CD SH 1.5 NF SL 0.7 OB――

それに対し、伊東は週に二、三回、返信していた。

――HT 5 SH 1 OB 1――

直近三か月分の送受信記録にはそんなやりとりが続いていた。

伊東がじっと紙を見つめている。目をむけているだけかもしれない。

「これは、何や」

伊東が顔をあげた。瞳がゆれている。

「これをどうやって……あなたは警察官か」

「違う。が、これは警察関係者が提供してくれた。もう一度、聞く。これは何や」

「…………」

伊東がそっぽをむく。

「答えなくてもいい。が、この資料、南署が持っているのを忘れるな」

「つき合いで……」蚊の鳴くような声で言い、伊東が視線を戻した。「ほんとうのことなのだ。初めは高校野球で遊びませんかと誘われて……」

「野球賭博なのは認めるのやな」

伊東が目で頷く。かすかにくちびるがふるえている。

鶴谷は息を吐いた。

この記録を見なければ伊東には接触できなかった。

大阪で暮らしていたころから博奕《ばくち》はやらなかったが、多少の知識は持っていた。花房組の若衆の中には野球賭博や公営ギャンブルのノミ行為の胴元をやり、賽本引きや麻雀の賭場を開いている者もいる。

HTが阪神タイガース、SHはソフトバンクホークス。イニシャルの間の数字はハンデを表し、HT 0.5 YS は阪神タイガースからヤクルトスワローズに〇・五点のハンデがでていることになる。タイガースに賭けた者は、一点差勝ちで賭金の半分、二点差以上つければ賭金と同額を儲ける。ただし、受け取るのはその九割である。かつては複雑なハンデを切っていたが、素人にもわかり易いよう簡略化されたという。胴元は、一球団に票が偏らないよう、客には一日複数試合に賭けさせる。

公営ギャンブルも違法賭博も胴元が勝つのは天下の常識だが、とくに野球賭博はそれが顕著で、年間通して客が勝ち切るのは至難の業といわれている。

送受信記録を見てすぐ白岩に連絡し、野球賭博の符牒であることが確認できた。折返しの電話で、南署が柳井組の幹部を賭博容疑で内偵中だということも知った。

鶴谷は煙草を喫いつけた。ふかし、話しかける。

「誰に誘われた。柳井組の清原か」

「…………」

伊東がぶるぶると頭をふった。首がもげそうだ。

焦ることはない。伊東は野球賭博をやっているのを認めたのだ。

「ところで、俺のことは知らないのか」

「ええ。名前も初耳です」

鶴谷は煙草で間を空けた。

伊東は稲垣の使い走りのような存在なのか。それとも、稲垣も大京電鉄と西本興業の係争にはかかわっていないのか。

そんなはずはない。己に言い聞かせる。

伊東が口をひらいた。

「この資料をどうするつもりですか」

「おまえ次第よ」

「さっき、警察関係者から入手したと……警察は内偵を行なっているのですか」

「止めてほしいか」

鶴谷は目で笑った。

伊東が眉尻をさげる。

そんなことが可能なのですか。目が訊いている。

鶴谷は無視した。確約はしない。が、期待は持たせる。

ふかした煙草を消し、別の紙を取りだした。

「これは、おまえの銀行口座の入出金明細書や」

伊東が目をまるくした。

「これも警察関係者から……」

「うるさい」一喝し、目でも凄む。「ここからが本題や。性根を据えて返答しろ」

鶴谷は紙を指さした。

「入金の欄を見ろ。稲垣法律事務所からの報酬以外にも毎月のように入金がある。振込人の近藤保というのは何者や」

「新梅田企画の社員です」

小声ながらもしっかり答えた。

野球賭博の件が頭から離れないのだろう。

「どういうカネや。おまえが新梅田企画の顧問なのは知っている。が、顧問料は新梅田企画から稲垣法律事務所に振り込まれている」

「それは、その……顧問契約の条項以外にも頼まれることが……勘弁してください。企業秘密にかかわることも……」

伊東がしどろもどろに言った。

鶴谷は畳みかける。

「企業秘密に関わることなのやな」

「えっ」

「おまえが吐いた言葉や。つまり、近藤個人の依頼ではない」

「それは……」

「往生際が悪い。弁護士資格を剝奪されてもいいのか」

「…………」

伊東が顔をしかめた。

いまにも大声で泣きだしそうだ。

「話しにくければ、俺の質問に答えろ」

伊東が頷くのを見て、続ける。

「おまえは、所長の稲垣恵介と仲がいいそうだな」

「高校も大学もおなじ、稲垣さんのひと回り下の後輩です」

「稲垣は関西電鉄と関鉄エンタープライズの顧問をしている。その縁で新梅田企画の顧問になれたのか」

「はい」

「稲垣も新梅田企画にかかわっているのか」

「いいえ。新梅田企画はわたしに一任されています」

鶴谷は胸の内でほくそえんだ。

「この入金、稲垣は知っているのか」

「……………」

伊東が目をしばたたいた。

「答えろ」

「わかりません」蚊の鳴くような声で言う。「ただ、顧問の契約条項以外の依頼は、稲垣も承知と……新梅田企画の社長に聞いたことがあります」

「そこまで喋れば、口は滑らかになるやろ。どんな依頼や」

「あのう」伊東が顔を寄せる。「野球の件は……」

「つぶすことも可能や」

ぶっきらぼうに返した。

伊東が咽を鳴らした。空唾をのんだか。くちびるが乾いている。

「連絡係みたいなものです。たまに、関鉄エンタープライズや新梅田企画の接待に同席させられることもあります」

「稲垣も一緒か」

「いいえ」

「接待の相手は」

「それだけは……お願いです」

「市の役人か」

「…………」

伊東がのけぞった。目の玉が飛びだしそうだ。

「稲垣が市の幹部職員と接触しているのは承知よ」

「あなたは、いったい何を……」

「教えてもいいが、聞けばさらなる深みに嵌る。いいのか」

「もう、結構です」

「連絡係というのも、相手は市の役人やな」

「ええ」

「ほかは……西本興業はどうや」

伊東が力なく首をふった。瞳もゆれた。

鶴谷はあたらしい煙草をくわえ、火を点けた。窓にむかって紫煙を吐く。

ここまでか。

伊東は稲垣の手足に過ぎない。機密情報を知る立場にないということだ。

それでも充分すぎる収穫を得た。

くわえ煙草で、ブルゾンの懐に手を入れた。封筒をテーブルに置く。

「謝礼や」

伊東がきょとんとした。

「領収書はいらん。俺は、振込みなどアシの残るようなまねはせん。で、受け取ったあとは忘れても構わん」

「受け取れません」

「それは、なしや。俺の筋目、礼は欠けん」

「わかりました。例の件もよろしくお願いします」

伊東が深々と頭をさげる。

鶴谷は運転席の照井に声をかけた。

「さっきのコンビニまで引き返せ。伊東さんを降ろす」

言って、ウィンドーをさげた。

つめたい風が流れ込む。

車内の淀んだ空気を動かしたかった。


テナントビルから女が出てきた。クラブ『リラ』の葉子。稲垣の女だ。

弁護士の伊東を解放したあと、ミナミの宗右衛門町へむかった。

ここは一気に攻める。因果をふくめたとはいえ、伊東を信用したわけではない。伊東は夜を徹して稲垣と鶴谷を天秤にかけるだろう。

伊東も、おそらく葉子も小物で、鶴谷にとっては攻撃の足がかりに過ぎない。

日付が変わっても通りは人で賑わっている。

鶴谷は、離れている江坂に合図を送り、葉子に接近した。

声をかける前に目が合った。

「あら、鶴谷さん」

葉子が丸顔に笑みをひろげた。

「名前を覚えてくれたのか」

「いい男やもん」

きのう、葉子が鶴谷の席にいたのは十五分ほどだった。他愛のない会話だったが、頭の回転が速く、プロのホステスという印象を受けた。

「ありがとうよ。あんたに話がある。ちょっとつき合ってくれ」

「ごめん」葉子が眉尻をさげる。「先約があるの」

「時間はとらせん」

鶴谷は左手で紙をかざした。

枝野葉子の銀行口座の入出金明細書である。

葉子の目の色が変わった。顔が怒っている。

右手で名刺も見せた。

優信調査事務所の名刺だ。名前の上に〈主任調査官〉とある。

「ある企業の裏ガネの流れを調べている」

「うちは関係ない」

葉子が語気を強めた。が、逃げる気配はない。気が強そうだ。

「あんたの口座に疑惑あり……協力してくれないのなら、大阪地検と国税局に調査を委ねることになる。いいのか。あんたの愛人が窮地に立たされるぜ」

葉子の瞳が端に寄った。ややあって、口をひらく。

「何を調べているの」

「言えん。が、こっちは企業からの依頼で調査している。いまのところ、司法に委ねるつもりも、マスコミに売るつもりもない」

「………」

葉子がくちびるを噛み、睨みつける。

「行こう」

ひと声放ち、鶴谷は歩きだした。

すぐにハイヒールの音が聞こえた。

近くのカラオケボックスに入る。部屋は確保していた。防音設備の整ったカラオケボックスは警察署の取調室のようなものである。

五、六人が座れる部屋の奥に葉子を座らせ、インターフォンでウィスキーの水割りとハイボールを注文した。

画面の上の防犯カメラがめざわりだが、リスクにはならない。

葉子がため息をつき、ベージュのトレンチコートを脱いだ。あざやかな濃紺のワンショルダードレス。左脚のスリットから白い太股が覗いた。

鶴谷は煙草を喫いつけた。ふかし、口座の明細書をテーブルに置く。

「この口座は入金専用か」

六角銀行の口座に入った金は、入金日かその数日後にはほぼ全額が四菱銀行の葉子名義の口座に移されている。そちらは数字とアルファベットが目につく。クレジットやIDなどの決算に利用しているのだ。

「どうでもいいでしょう」

投げやり口調でいい、葉子がソファにもたれた。

従業員がドリンクを運んできた。

鶴谷は、ハイボールのグラスを葉子の前に置いた。葉子は口を付けない。

ドアが閉まるや、葉子が目をむいた。

「さっさと片付けてよ」

鶴谷は目元を弛めた。

この手の女は扱い易い。おどおどする女は対処にこまる。

紫煙を吐き、葉子を見据えた。

「近藤保とはどういう関係や」

「お客さん」

「一回に三百万も五百万も使うのか」

「そうは言うてへん」

葉子がうんざり顔で言った。

明細書には直近三か月間のカネの出し入れが記載されている。その間、百万円、五百万円、三百万円、三百万円、三百万円と、計千五百万円の入金がある。いずれも振込人は近藤保。新梅田企画の近藤であることはＡＴＭの映像で確認した。

「どういうカネや」

「知らない」

「稲垣に頼まれたか」

「忘れた」

ぶっきらぼうに言う。

取り付く島がない。が、どうということもない。

「枝野秋子……あんたは、近藤から振込みがあった当日か翌日、入金の全額を母親の口座に振り込んでいる」

「それがどないしたん」

鶴谷は別の口座明細書をテーブルにならべた。枝野秋子の名義である。

葉子の母親は、三年前から民間の有料老人ホームに入所している。入居一時金千五百万円、月額利用料二十万円。それに、秋子の場合は特別介護料が付いている。入居時は軽度の認知症だったが、症状が進行し、現在は葉子の名前も言えないという。

――キャッシュカードを使える状態ではありません――

江坂からそう聞いた。

「母親の口座から数十万、数百万のカネが引きだされている。あんたの名前も忘れた人がどうやってカネを動かすのや」

「うちよ」

「母親のキャッシュカードを見せろ」

「家にある。けど、見せられん。言うたやろ。約束があるねん」

鶴谷は薄く笑った。

ブルゾンのポケットの写真を手にし、テーブルに放った。

「男装の趣味があるのか」

「……………」

葉子があんぐりとした。気を取り直したように視線をおとした。

「写真の男は誰や」

葉子が首をふる。

「三枚とも、枝野秋子のキャッシュカードでカネを引きだしたあとや」

「そんなこと言われたかて……」

語尾が沈んだ。

動揺しているのはあきらかである。顔から血の気が引いている。

ＡＴＭの防犯カメラの映像は、宗右衛門町へむかう途中に東京から届いた。

優信調査事務所がやることは警察捜査とおなじ、必要な機材も警察と同レベルで質が高い。標的を絞っているので、成果が早くでる。

そのとき、鶴谷は舌を打ち鳴らした。

三枚とも弁護士の伊東の顔が写っていた。

が、動揺はしなかった。伊東が稲垣の手足だということの証である。

「母親のキャッシュカードは誰が持っている」

「稲垣」

ぼそっと言い、葉子がうなだれた。

鶴谷は畳みかける。

「近藤は客なのか」葉子が頷くのを見て続ける。「いつから。誰と来た」

「三年くらい前に……西本興業の野添さんと」

「稲垣は」

「もうすこし前だった。西本興業の前の社長さんに連れられて」

「ほう」思わず声が洩れた。「根っこは現会長の古谷というわけか」

葉子が顔をあげた。

血の気がすこし戻ったように見える。が、表情は沈んでいる。

「もう堪忍して……うち、母の面倒を見なきゃいけないのよ」

「俺に協力すれば悪いようにはせん」

「あなたに稲垣の代わりが務まるの」

「どうかな。すべてをなくし、マイナスになるよりはましやろ」

「………」

吐息をもらし、葉子が肩をおとした。

「古谷もおまえの客だったのか」

「違う。うちをかわいがってくれていたお姐《ねえ》さんが引退して、うちが引き継いだ。古谷さんと来ていた野添さんも、野添さんが連れてきた稲垣も近藤さんも……うちのお客さんのほとんどは古谷さんとの縁なのよ」

「古谷はいまも店に来ているのか」

「めったに来ない。ことしは、社長を辞められた日に……そうだ、そのとき野添さんが一緒だった」

「ほかには……稲垣は」

葉子が首をふる。

「関鉄エンタープライズの社長の……」

「植田幸正か」

「そう。その方、きょうは古谷さんの慰労会だと言っていた」

「………」

鶴谷は背筋を伸ばし、首をまわした。

葉子の話に引き込まれかけた。

ほかに関鉄グループの者が来たことはあるか。

その質問はかろうじて思い留まった。

葉子は質問に答えている。頭で考えているふうには見えない。が、先刻の伊東弁護士とおなじ、葉子も解放されたあと、悶々と思案するだろう。

手の内をさらして、それが命取りになることもある。

煙草をふかして間を空け、伊東の写真を指さした。

「この男、ほんとうに知らないのか」

「ええ。誰なの」

質問を無視し、続ける。

「稲垣と近藤はどういう関係や」

「知らない。うちは稲垣の言うとおりにするだけ……母のためよ」

「稲垣との縁が切れたら、どうなる」

「…………」

葉子の首が傾いた。目から光が消えてゆく。我に返ったように口をひらいた。

「老人ホームの契約を解除されるかも」

「一時預かり金は稲垣が用立てた……そういうことか」

「ええ。頑張れば毎月の支払いはできると思うけど……」

「そういう男なのか」

「えっ」

「何でもない」

鶴谷はさらりと返した。

他人の人生にはかかわらない。そうでなければ捌き屋稼業は務まらない。

★　★

もう何日も自宅に帰っていない。

白岩は、堂島川と土佐堀川にはさまれた中之島に住んでいる。花房組事務所から歩いても帰れる距離にある。

そうする時間も自宅で寛ぐ余裕もあるのだが、事務所で寝泊まりするほうが緊急時に対応し易い。鶴谷の命が狙われたのだから尚更である。

ソファにもたれ、めざめのコーヒーを飲んでいるとき、携帯電話が鳴った。

画面を見て、顔をしかめた。

予測はしていたが、やはりうっとうしい。携帯電話を耳にあてた。

《わしや、角野》

しわがれ声を聞いただけで通話を切りたくなる。

「朝っぱらから何の用や。とうとう話し友だちもおらんようになったんか」

午前十時を過ぎたところである。

《あいかわらずやな》角野が余裕をかました。《おととい夜、何があった》

「はあ」

《とぼけるな。柳井組の者と揉めたそうやないか》

「さすが地獄耳やのう。あちこちに盗聴器を仕掛けとるんか」

《あほなことを……きのう、柳井組の清原組長が怒鳴り込んできた》

「それを黙って受けたんか。それで、本家の事務局長が務まるんか」

《まずは事情を聞く……それが礼儀、極道の筋目よ》

「おまえが極道を語るな」

《一々うるさい》声に苛立ちが交じる。《答えろ。どうして揉めた》

「売られた喧嘩や」
《むこうの言い分と異なる。くわしく話せ》
「夜が過ぎて、朝が来るで」
《ふざけている場合か。会長も顔をしかめておられた》
「で、どうする」
《決めていない。が、今夜、清原と話し合うことになった。その前に、不公平にならないよう、おまえから事情を聞きたい》
「裁判官か」
うめき声が洩れ聞こえた。
おくびがでそうになった。
角野が体裁を整えるために電話してきたのは目に見えている。そうしなければ、白岩を擁する花房一門を抑えることがむずかしくなる。
《むこうは、すれ違うなり空地に連れ込まれ、一方的に痛めつけられたと》
「拳銃《チャカ》の件はどう説明した」
《いつも持ち歩いているそうで、それを使う目的などなかったそうや。おまえと遭遇したおかげで、柳井組としても迷惑を被ったと……えらい剣幕や》

「清原は、神戸をちらつかせたのか」
はずみで言ったものの、神俠会はそれどころではないだろう。
神俠会は、分裂した組織と抗争の真っ只中である。
《それはない。口にされたら、こちらも黙ってはいられない》
「ご立派や」
《大阪は一成会……それくらいの気概はある。そんなことよりも、言い分があれば聞く。なければ、清原の言うことを鵜呑みにするしかない》
「たったいま吐いた言葉を呑むんかい」
《はあ》
「たとえ筋違いでも極道の喧嘩や。相手に恫喝されて、はいそうですか、申し訳ないと、頭をさげるんか」
《筋違いの喧嘩だったのか》
角野の声がはずんだ。
白岩は顔をゆがめた。
角野は揚げ足取りの名人である。
「清原に言うとけ。辛抱できんのなら、わいの命を獲りに来いと」

《いいのか。名分がなければ、一成会は動けないぞ》

「上等や」

ひと声放ち、通話を切った。

「親分」

かたわらに立つ坂本が声を発した。

目つきが鋭くなっている。

「角野の叔父貴ですね」

「ああ」

ぞんざいに返し、コーヒーカップを持った。冷めている。

「でかける」

自室に移り、白のジャージ上下の上からトレンチコートを羽織った。

坂本が玄関で待ち構えていた。

「散歩や。ついて来るな」

白岩は、紺色のローファーを履き、事務所をあとにした。

露天神社に参拝して路地を抜け、御堂筋に出た。交差点に架かる歩道橋を渡り、大阪駅構内を歩く。早足のせいか、『グランヴィア大阪』のエレベーターに乗ったときは額にうっすら汗をかいていた。

二十八階の客室のチャイムを鳴らした。

事務所を出たあと鶴谷のスマートフォンを鳴らした。鶴谷が外出していれば、参拝をして蕎麦屋に行き、鶴谷の娘の顔を見るつもりだった。

ドアが開いた。

鶴谷はにこりともせず背をむけた。

トレンチコートを脱ぎ、レストルームのソファに腰をおろした。

鶴谷がワゴンの前に立つ。

「何を飲む」

「水割りを……咽が渇いた」

「歩いてきたのか」

「気分転換よ。お初天神さんのついでに、おまえの顔も拝みに来た」

「何があった」

話しながらも鶴谷は手を動かしている。

「悪い予感はようあたる。朝から汚い声を聞いた」

鶴谷が両手にグラスを持ち、近づいてきた。

「本家の角野か」

「ああ。いちゃもんのつけ方まで予想どおりよ」

鶴谷がにやりとし、正面に座った。煙草を喫いつけてから、口をひらく。

「もう、やつの耳に入ったのか」

「きのうの朝、清原が本家に怒鳴り込んできたそうな」

他人事のように言い、白岩はグラスを傾けた。美味く感じるのは参拝のご利益か、散歩のおかげか。どっちにしても不快感は消えている。

もうひと口飲んで、角野とのやりとりを話した。きのう舎弟の金子から連絡があったことは伏せた。鶴谷の心配事が増えるだけである。

話している内に鶴谷の顔が険しくなった。

「本家はどう動く」

「知らん。興味もない」

「おまえはそうでも、角野の出方次第では、身内が黙っていない」

「……………」

白岩は肩をすぼめた。

窮屈なことこの上ない。何をやっても自業自得では済まされない。それも宿命。花房組の代紋を背負ったときに腹を括った。

「わいのことはええ。おまえや。進展はあったか」

「きのう、稲垣法律事務所の伊東を攫《さら》った」

こともなげに言い、伊東の証言を詳細に語りだした。

聞きおえ、頭の中を整理している内に、鶴谷はクラブ『リラ』のホステスから話を聞きだしたことも喋りだした。

鶴谷が水割りをあおるように飲んだ。

白岩は、胸にめばえた不安を口にした。

「動き過ぎと違うか。話を聞くかぎり、弁護士の伊東も、ホステスの葉子も、稲垣の駒に過ぎん。いざとなれば、トカゲの尻尾よ」

「承知の上や。関鉄グループから稲垣や伊東に流れたカネがどういう名目のものであれ、相手の疵にはならん」

白岩は頷いた。

万博跡地の再開発事業を成就するために、関西電鉄が工作資金として動かしたとしても罪には問われない。大阪市は万博跡地に関する明確な指標を示しておらず、市議会も万博跡地に関しては決議どころか、審議すら行なっていない。つまり、関西電鉄は事業計画を現実のものとするための先行投資をしているに過ぎず、カネが市の幹部職員の手に渡ったとしても、その見返りがないのだから贈収賄の罪も成立しない。

ありていにいえば、どこの企業もやっていることである。

「けど」鶴谷が言う。「稲垣の性格が見えた。よくいえば冷静沈着、頭がまわる。悪くいうなら小狡《こずる》い。常に、自分は安全な場所にいたがる。俺が、伊東や葉子の話を真に受けて稲垣を攻めても、稲垣は二人を切り捨てる。いざとなれば、新梅田企画の近藤に責任を押し付ける」

「そこまでわかっていて……」

鶴谷が目で制した。

「稲垣の動きを封じるためよ。弁護士はうっとうしい。法律をふりかざし、自分が不利になれば検察や警察とも手を組む」

言っている意味はわかった。

検察や警察が動けば、依頼主に迷惑が及ぶ。

白岩は息を吐いた。

「これから先は、時間との勝負になりそうやな」

「ああ。伊東と葉子が稲垣に報告する可能性もゼロやない。葉子は母親のことが重しになっているが、伊東は背負うものがない。せいぜい保身。野球賭博の件も南署が動くかどうか……南署には柳井組とつながっている者もおるやろ。そこから捜査状況が洩れ、伊東の耳に入るかもしれん」

白岩は頷くしかなかった。

鶴谷は理詰めで動く。本能で動く自分には到底まねができない。

水割りで間を空けた。

「本丸の西本興業をどう攻める」

「…………」

鶴谷が首を捻った。

「どうした」

「思案の為所よ」

「攻める材料は見つかったのか」

「ない」

鶴谷があっけらかんと答えた。

白岩は目をしばたたいた。

おまえ、何を企んでいる。

言いかけて、止めた。腹案はあっても、思案中というのは本音だろう。

鶴谷が言葉をたした。

「関西電鉄と市……交渉はどこまで進んでいるのか。そこが肝やな」鶴谷が煙草をふかした。「KRKの生方から情報はないのか」

「ない。東和地所の杉江と南港建機の茶野さんはどうや」

鶴谷が首をふる。

「杉江はむりやろ。関西財界のことならともかく、市のことはわからんと思う」

「…………」

白岩は無言で鶴谷を見つめた。

いつもと様子が違うように感じる。

仕事の話をしているのに、どこか他人事のようなもの言いも気になる。

秘策があるのか。どん詰まりの状況なのか。

どっちにしても、胆は据わっているようだ。

鶴谷が煙草を消した。

「午後からでかける。その前に、新梅田食道街でうどんを食おう」

「潮屋か」

思わず声がでた。

学生時代によく通った立ち食いうどんの店である。安くて美味い。小銭しかないときでもキツネうどんとおにぎりで腹は満たされた。

うどんを食べて鶴谷と別れ、阪急三番街の紀伊國屋書店梅田本店に立ち寄った。

鶴谷と話をして頭の中がすっきりしたわけではない。鶴谷の胸の内が読めないもど

かしさを引きずっている。

——関西電鉄と市……交渉はどこまで進んでいるのか。そこが肝やな——

西本興業にはふれなかった。

——KRKの生方から情報はないのか——

催促するようなもの言いもめずらしい。

角野のことも頭から抜けない。いつもなら歯牙にもかけないのだが、今回はそうも

いかない。柳井組は鶴谷に拳銃をむけようとしたのだ。

しかし、あれこれ考えても仕方がない。気分転換に娯楽小説を読みたくなった。

中央レジ前の新刊コーナーにあった『桃源』を買った。著者の作品はよく読む。ど

の作品も冒頭から引き込まれ、時間が経つのを忘れてしまう。

　あいかわらずおもしろい。会話の妙には思わず頬が弛む。

　花房組事務所のソファに寝転び、百ページほど読んだところで携帯電話が鳴った。

　鶴谷と別れて三時間が過ぎていた。画面を見て、耳にあてる。

「なんや」

《そんな言い方があるか》

　金子がむきになった。

「至福のひとときを邪魔するからや」

《のんきなことを言うている場合やない》早口でまくしたてる。《場所はどこでもかまへん。話がある。石井の兄弟も一緒や》

「気が進まん」

　うめき声が届いた。

《ほな、俺らが何をしようと文句は言わんでくれ》

「何をやる」

《兄貴が会うてくれんのなら、角野と清原の席に乗り込む》

「どあほ」

白岩は声を荒らげた。

本音かどうかは声音でわかる。

「訳を言うてみい」

《きょうの昼、柳井組の清原は二人の組員を破門した。ご丁寧に、そのことを南署のマル暴担にささやいた》

「ん」

眉根が寄った。

金子の頭の中は読めた。

「何者や」

《ひとりは古参……一時期は幹部も務めたが、いまは事務所にほとんど顔を見せていないそうや。嫁が二度のがん手術をして、いまも闘病中……本人も肝臓病を患っていると聞いた。破門の理由はわからん。もうひとりは半グレあがりの三十歳。こちらはノミ屋のカネを使い込んだという話や》

「二人の住所はわかるか」

《調べている最中や。けど、行方は摑めんやろ》

「鉄砲玉か」

《タイミングからして、ほかは考えられん》

「……………」

極道なら誰でもそう考える。が、迂闊に乗れる話ではない。

《兄貴、聞いているのか》

「怒鳴るな。耳は耄碌《もうろく》してへん。普通に話せ」

《角野と清原は、七時に心斎橋の料亭で会う。その場で、兄貴のことを話し合う予定やが、なんで、清原が話し合う前に動いたか……それが気になる》

「席に乗り込んでどうする」

《知れたことよ。清原を問い詰める》

「……………」

あきれ果てて声がでない。

金子ならやりかねないから始末に悪い。

待ち合わせの時間と場所を決め、通話を切った。

「おでかけですか」

声がし、視線をふった。

ドアのそばに坂本が立っていた。表情が硬い。

「おまえ、盗み聞きが趣味か」

「怒鳴り声が聞こえました」

「これから金子らと会う。おまえはここで待機しとれ」

「面倒事ではないのですか」

「面倒やさかい、待機や。すぐに飛びだせるよう準備しておけ」

言って、腰をあげた。


午後六時半、宗右衛門町の『elegance mami』の扉を開けた。

金子は食事をしようと言ったが、そんな気分にはなれなかった。不快な話をしながらでは料理人にも料理にも失礼である。

「ダーリン、いらっしゃい」

岸本マミが科《しな》をつくり、目を細めた。

「演技が下手やのう。色気のかけらもない」

笑顔で返し、カウンター席に腰をおろした。

まだ準備中なのか、照明があかるい。従業員もいない。差しだされたおしぼりは温まっていなかった。

「ひとりですか」

「連れが来る」

白岩はトレンチコートのポケットをさぐり、十万円をカウンターに置いた。

「悪いが、二時間ほど貸し切りにさせてくれ」

「いいよ」

マミがあっけらかんと答え、マッカラン18年のボトルを手にした。

水割りをひと口飲んだところで、金子と石井がやってきた。金子は顔に不機嫌を丸だしにし、石井はものめずらしそうに店内を見回した。

「お待ちしていました」

マミの声音は変わらない。笑顔のままだ。

「兄貴」石井が言う。「馴染みの店か」

「三度目や。通りでマミを見かけ、あとをつけたんが縁の始まりよ」

石井が頬を弛めた。

金子がマミを見つめ、口をひらく。

「好みが変わったんか」

すかさず、マミが応じる。

「レベルアップしたってことですね」

「はい、はい。あんたはかわいい」

金子が取って付けたように返した。

「奥を使う」

白岩は立ちあがり、鉤形のベンチシートのせまいほうのソファに座った。

ひろいほうの手前に金子、となりに石井がならぶ。

マミがトレイを運んできた。ボトルとアイスペール、グラス、二つの小皿。チョコレートとナッツが載っている。

「カウンターの中もご自由に」白岩に言い、金子らに訊く。「水割りですか」

「ああ」

金子が答えた。

マミが水割りをつくっているさなかに扉が開き、二人の女が入ってきた。どちらも目をぱちくりさせている。

「そのままでいて」マミが言う。「ご飯食べに行こう」

二人の顔がほころんだ。

極道の席に着かないで済むことにほっとしたのか、食事にありつけてよろこんだのか。どちらともとれる表情だった。

マミが二人を連れて店を出た。

金子がセカンドバッグから写真を取りだし、テーブルに置く。どちらも正面と真横から撮ったものだ。警察が保管する写真を拝借してきたか。

「右が古参の内山、左は使い込みの八木……どちらも在日よ」

苦々しそうな顔で言った。

白岩は、興味のない目で写真を見た。

清原はどうしてそこまでやる。

宗右衛門町へむかうタクシーの中でそのことばかり考えていた。

鶴谷を狙ったのも性急すぎるように思う。西本興業本社を訪ねたきり、鶴谷は古谷会長にも野添常務にも接近していないのだ。それどころか、鶴谷は西本興業の動きをほとんど把握できていない。

捌き屋としての力量をおそれているのか。ほかにも理由があるのか。

金子が続ける。

「裏に個人情報が書いてある。内山は恵美《えび》須町《すちよう》のアパートに住んでいる。嫁は病院から一時帰宅し、自宅療養中。内山の行方はいまもわからん。八木は谷町七丁目のマンション暮らし。住民登録してないさかい、女の部屋やろ。女は難波の安っぽいキャバクラで働いている」立て板に水のように喋り、水割りを飲む。「午後三時ごろ、マンションの住人が八木を見ていた。でかいリュックを担いでいたそうな」

石井があとを継ぐ。

「内山の女から話を聞こうと思う」

「止めとけ。二人が鉄砲玉という証拠はないんや」

「悠長な。実弾が飛んでからでは手遅れになる」

「兄弟の言うとおり」金子が言う。「八木はともかく、内山は刑務所の常連……夫婦して身体はぼろぼろ、カネもないという話や。そんな野郎が腹を括れば、何をしでかすか、知れたもんやない」

「わかっとる」ぞんざいに返した。「けど、面倒はおこすな」

「兄貴は、二人に拳銃をむけられるまでじっとしているのか」

「動いてどうする。腰抜けと笑われるだけや」

「…………」

金子が口をへの字に曲げた。

水割りを飲み、石井に話しかける。

「本家に動きはあるか」

「静かや」石井が腕の時計を見る。「そろそろ密談が始まる。ここに来る直前、角野と黒崎が車で本家を出たとの報せがあった」

「むこうは何人や」

石井が首をふる。

「直に連絡があるやろ。若い者を料亭に張り付かせた」

言いおわる前に着信音が鳴った。

石井がスマートフォンを手にした。

「俺や……そうか……そのまま待機せえ」

通話を切り、石井が顔をむける。

「清原には柳井組の若頭が同行している。もうひとり、素性はわからんが、スーツを着てアタッシェケースを提げていたそうな」

「…………」

白岩は首をまわした。

弁護士か。稲垣法律事務所の伊東の顔がうかんだ。が、口にはしない。

いずれ素性は知れる。清原には長尾が張り付いている。

携帯電話の画面を見て苦笑が洩れた。またも悪い予感が的中した。

《角野や。おまえを当面のあいだ、謹慎に処する》紋切り口調で言う。《これは山田会長が決めたこと……おとなしく従え》

「そんなことは相手の顔を見て言うもんや」

《つぎはそうしよう》

余裕のあるもの言いに変わった。

我が意を得て機嫌がよさそうだ。

角野が続ける。

《柳井組の清原組長とおまえの言い分は異なる。事実関係を調べた上で、改めて処分を検討する。それまでは、本家への出入りを差し止める。謹慎中なので事始めにも参列させない》

「それだけかい」

ため息が届いた。

《謹慎中にいかなるトラブルをおこしても厳罰に処する》

「わいがそんなにめざわりか」
《正直、おまえには辟易《へきえき》している。が、今回の処分に私情は絡めていない》
「さいですか。わいが言うたこと、清原に伝えたか」
《ばかな。こっちはとんだとばっちりを食いながらも、事を穏便に済ませようとしているのだ。おまえの戯言など話せるわけがない》
「あんたも極道の端くれ……イモは引くなよ」
《どういう意味だ》
「清原は神戸をちらつかせたか」
《ひと言もない》
「つまらんのう」
つぶやき、通話を切った。
角野と話すたび心が寒くなる。わが身を安全な場所に置き、策謀を巡らせる。そんな小狡い輩が生き残っていく時代になった。表社会もおなじことだ。
「親分」
声を発し、坂本があらわれた。
「お昼はどうされますか」

まもなく正午になる。

昨夜も事務所に泊まった。炭酸効果の湯に浸かってアルコールを抜き、露天神社に詣でた。悪い予感があたらぬよう願ったが、神様が聞き入れてくれるはずもない。

「もうじき、客が来る」

「どなたですか」

「一々うるさい。お茶と羊羹をくれ」

返事をし、坂本が去った。

白岩は読みかけの本を手にした。寝付くまでの一時も、散歩から帰ってきたあとも『桃源』を読んでいる。寸暇を惜しんで働く人には気の毒な小説である。

三十分は過ぎたか。

中盤までさしかかったところで、坂本の声がした。

「長尾さんがお越しです」

声のあと、探偵の長尾が顔を見せた。事務所を訪ねてきたのは初めてである。

「部屋もめでたい」

「はあ」

「花よ。見事やけど、つい笑ってしまう」

白岩は肩をすぼめた。

角野から電話が入る前、好子が花を持ってきた。深紅の楓を器ごと替え、青磁のまるい壺に赤と白の椿を挿した。羊羹は手土産である。

「シンプルで、あんたらしい部屋や」

独り言のように言い、長尾がソファに腰をおろした。

坂本がお茶を運んできた。

白岩は、長尾に声をかける。

「昼飯は」

「そんなひまはなかった」

「出前をとるか」

「賄い飯はないのか」

かつてマル暴担当の刑事だった長尾は組事務所の内情にもあかるい。

坂本が反応する。

「何が食べたいですか」

「鍋焼きうどん……キツネでもかまへん」

「天ぷらはエビか、小柱のかき揚げ……どちらがいいですか」

長尾が目をぱちくりさせる。

「かき揚げを……おにぎりも食いたい」

「はい」坂本がにこりとした。「親分は」

「キツネうどん。ぬか漬けも頼む」

長尾が立ち去る坂本の背を見つめた。

「いまどき、かねのわらじでさがしても、あんなやつは見つからん」

「あほな。誰にでもできる。やろうとせんだけや」

「そうとも言える」

言って、長尾が表情を変えた。

――会って報告したい――

電話で、長尾はそう言った。それも初めてのことである。

報告だけでは済まされないのか。話したいことがあるのか。きのうの角野と清原の密談を受けて、白岩は角野を監視するよう指示していた。

白岩は先に話しかけた。

「何があった」

「けさ十時前、角野はひとりで山田会長の家を訪ねた。四十分ほどで家を去り、一成会の本部事務所に戻った」

「戻った……きのう、角野は事務所に泊まったんか」

「ああ。午前様よ。食事のあと、角野は清原と宗右衛門町のリラに行き、ホステス三人を連れてもう一軒……若頭の黒崎は食事だけで帰った」

「アタッシェケースの野郎は」

「それよ」長尾が声をはずませる。「その件で、ここに来た」

「どういうことや」

長尾の眼光が鋭くなっている。

「けさ、素性が判明した。襟にバッジを付けていたので弁護士とわかったのだが、大阪弁護士会のリストを見ても合致する者はなく、古巣に依頼した。あの男」長尾が顔を近づける。「愛知弁護士会に所属している」

「…………」

白岩は眉根を寄せた。

神侠会当代の出身母体は名古屋の明神一家である。現在の神侠会幹部の七割は明神一家と縁戚関係にある組織の長で固められている。いずれ神侠会本家は名古屋地区に移転するとうわさされる所以《ゆえん》でもある。

白岩の心中を察したか、長尾の目つきが鋭くなった。

「藤原というその弁護士は刑事事件専門のフリーや。過去にも明神一家や関連組織の顧問になったことはない。神俠会との接点もなかった。ただ、東海方面の暴力団には頼りにされているようで、明神一家関係者の刑事裁判を何度も担当している」

「神俠会幹部との個人的なつながりはどうや」

「その点はもうすこし時間をくれ。古巣のデータに藤原の個人情報はない。仲間が伝を頼って、愛知県警のマル暴担に調べてもらっている」

「…………」

息をつき、白岩は肘掛けに半身を預けた。

なぜ、大阪とは無縁の弁護士が柳井組の清原に同行したのか。考えるまでもない。神俠会の誰かに依頼されたのだ。せめて、依頼した人物を特定したい。

ふと、金子の話がうかんだ。

――清原は本家の若頭補佐に昇格するらしい――

――カネよ……別途、会長と若頭に袖の下を渡したのかもしれん――

白岩は視線を戻した。

「情報はそれだけか」

「おっと」長尾の声がはずんだ。「肝心な話を忘れていた」

「宗右衛門町で何かあったんか」

「そうやない。清原と一緒にすき焼き屋に入ったとき、藤原は黒のアタッシェケースを提げていた。リラに入るときも……けど、リラを出たとき、アタッシェケースは角野が持っていた」

「なんと」

　思わず目がまるくなった。

「そのアタッシェケース、山田会長の手に渡ったようや」

「角野が届けたのか」

「もちろん、中身は知る由もないが」

　長尾がにやりとした。

　白岩は間を空けない。

「どれくらいのケースや」

「らくに一千万円は入る」

　白岩は顔をしかめた。

　思いもよらぬ展開に頭が混乱し始めている。

ソファにもたれ、腕を組んだ。二度三度と首をまわし、口をひらく。

「清原が本家の若頭補佐に昇格するといううわさがある」

長尾がこくりと頷いた。

白岩がその話を切りだすのを待っていたかのような表情に見えた。長尾は白岩が推論を嫌うのを知っている。

「清原は、三か月前に出所した本家若頭にすり寄っているそうや。若頭の放免祝いに五千万円を包んだらしい」

「そのこと、愛知県警も承知か」

「もちろん。で、本家若頭と藤原の関係を軸に調べている」

「…………」

言葉がでない。

めずらしく慎重になっているのは自覚できた。

神侠会をおそれているわけではない。極道を張っているかぎり、どこの組織であろうとも腰は引けない。アメリカのギャングでも中国マフィアでもおなじことだ。

だが、神侠会若頭が藤原を雇ったとして、清原に同行させた意図が読めない。

うわさによれば、出所後の若頭は組織の体制強化を図り、事始めの儀で執行部を刷新する考えだという。その上で、全国統一の号令を発するとも聞いている。

一成会をのみ込むつもりなのか。

白岩は頭をふった。

神侠会といえども、神侠会に次ぐ勢力の一成会と正面切って事を構えるようなまねはしないだろう。策士の角野や喧嘩腰のない黒崎が神侠会になびこうと、花房一門を筆頭に、ほかの幹部らがそれを許さない。血で血を洗う抗争になるのは必至で、そうなれば警察が威信にかけて両組織を潰しにかかる。

西本興業とは腐れ縁の清原が本家若頭を頼ったか。あるいは、神侠会が夢洲の利権に食いついたのか。

思慮の沼に嵌りかけたとき、坂本があらわれた。

「おまちどおさまでした」

白岩の前には素焼きの丼、長尾の前には六号土鍋を置いた。

長尾が蓋をとる。湯気が立ち上がった。

小柱のかき揚げは形を崩していない。玉子は半熟、麩はたっぷりと汁をふくんでいる。短冊切りの九条ネギが食欲をそそる。

「お見事」

ひと声発し、長尾が咽を鳴らした。

白岩も箸を持った。

下手の考え休むに似たり。そもそも深謀遠慮の類とは無縁なのだ。

長尾がおしぼりで額を拭う。それでも口を動かしている。

白岩は本枯節の香りに目を細めた。揚げの煮付けも加減がいい。

箸とレンゲを置き、長尾がおおきく息を吐く。

頃合を見計らっていたのか、坂本が水割りを運んできた。

白岩はひと口飲み、煙草を喫いつけた。

★

★

調査に進展がないまま週が替わり、月も替わって師走になった。

それでも焦りはない。絵図は見えている。標的も定めた。

絵図のど真ん中にいるのは関西電鉄の渡辺専務と西本興業の古谷会長、市の副首都推進局の福沢局長である。三人のそばには西本興業の野添常務、関鉄エンタープライズの植田社長、市の幹部職員らもいるが、彼らは脇役に過ぎないだろう。

弁護士の稲垣も気になる存在だが、企業の事業計画に直接関与しているとは思えない。伊東弁護士やホステスの葉子、新梅田企画の近藤に至っては論外である。白岩の言うとおり、いざとなればトカゲの尻尾になる。

絵図の背景も見えている。

――関西電鉄が万博跡地の再開発にむけて動いている。しかも、跡地のすべてを活用するというとんでもないプロジェクトや――

南港建機の茶野社長の情報で絵図はより鮮明になった。

――関西電鉄には業界大手としてのプライドがある。夢洲の南岸か東岸の端ならともかく、夢洲駅の前に大京電鉄のビルが建つなど許されんことや。たとえ大阪市がその気でも、潰しにかかる――

茶野のもの言いは確信に満ちていた。

――大京電鉄も退く気はなさそうや。市との交渉に手応えを感じているのか。社運を賭けたか――

大京電鉄の思惑など知ったことではない。仕事とは無関係である。

――地主でいるのか、事業主になるのか……行政は思案の為所よ――

市の決断もどうでもいい。

絵図に欠けたピースも気にならなくなった。

やることはひとつ。西本興業に合意破棄を撤回させる。それだけのことだ。

優信調査事務所の江坂がレストルームに入ってきた。

鶴谷の前に座るなり、口をひらく。

「監視対象者の誰も動きません。西本興業の古谷も野添も、副首都推進局の福沢も、週末は自宅にこもったままでした。弁護士の稲垣だけが日曜に外出しましたが、女連れで、ショッピングと食事をして自宅に戻りました」

「二人の仲はどう見えた」

「仲が良さそうでした」言って、眉を曇らせる。「葉子は、鶴谷さんに詰問されたことを喋ったのでしょうか」

「それはない。話していれば、稲垣は警戒して、葉子を遠ざける」

「なるほど」

江坂が感心したように言い、ややあって、言葉をたした。

「それにしても、時間が止まったかのように動かないのは気になります。古谷も野添も余裕で静観しているのか、下手に動けば墓穴を掘ると警戒しているのか」

自問するような口調になった。

「まだ、ある」

「何ですか」

「ひそかに動いているとも考えられる」

江坂が刮目《かつもく》した。

「そうですね。宗右衛門町での件があります」

「おまえらも油断するな」

鶴谷は煙草をくわえた。

「いただきます」

声を発し、江坂がポットを持ち、カップにコーヒーを注ぐ。

それを見ながら煙草に火を点けた。ゆっくりふかし、話しかける。

「福沢の身辺調査は進んでいるか」

「はい。福沢は、元市長のときに新設された副首都推進局の初代局長で、前市長と現市長の信頼も厚いそうです。社交的で話し上手……そういう評価が多く、実際、関西財界との関係も良好のようです。頻繁に財界人と会い、彼らと飲食を共にしているのはその証でしょう。他方、自宅周辺での聞き込みでは、おとなしそうで、めだたない人だという者も……質素な暮らしをしているという証言もあります」

「やつの資産は」

「口座預金は報告したとおりですが、福沢は株が趣味なようで……裏付けがとれていないので報告を控えたのですが、株の話になると目の色が変わる、仕事場でもネットで株式市況を見ているという証言もあります」

「………」

鶴谷は口をつぐんだ。

頭のどこかが鋭く反応した。記憶をたどる。はっとした。

――都市交通局の武田も昼に動きました。政策企画室の荻野が一緒でした。二人は北浜にある鰻屋に入り、一時間ほどで店を出ました――

あのとき、江坂は、同席者の有無を確認できなかったと言い添えた。

それに白岩の声がかさなる。電話で話した相手はＫＲＫの生方だった。

――わいや……あした、昼飯を食おう……わかった。わいが北浜にでむく。あの鰻屋でええか……忙しいときに済まん――

鶴谷が関西の情報屋をほしがったときのことである。

疑念がひろがる前に声がした。

「どうしました」江坂が顔を近づける。「自分も株のことが気になっているのですが、専門外で……金融関係にあかるい者に調べさせているのですが、ちかごろは無記名の個人投資家が増えているそうで、詳細を把握しづらくなっていると……」

「気にするな。俺がやる」

「…………」

江坂が眉尻をさげた。

煙草をふかし、話題を変える。

「木村がこっちにむかっているのを聞いたか」

「はい」江坂が即答した。「重要な情報を得たので、直に報告すると」

鶴谷は頷いた。

昼前、木村から電話があった。

《これからそちらへむかいます》

「何があった」

《桜田門の情報です。鶴谷さんの仕事に絡むのかどうか、判断がつきませんが、自分はとても気になります》

木村の声は緊張の気配をはらんでいた。

「電話やメールではだめなのか」
《はい。桜田門の極秘事案です》
外部に洩れたら、優信調査事務所も吹っ飛ぶということか。
それなら好きにさせるしかない。

「鶴谷さん」

江坂の声は力がなかった。神妙な顔になっている。

鶴谷は、江坂の目を見つめた。

「自分には荷が重いように思います」

「おまえに、木村の代わりを頼んだ覚えはない」

「しかし、こちらでの結果責任は自分にあります」

「弱音か」

「はい」江坂が素直に返した。「夜もろくに眠れません」

「東京に帰れ」

こともなげに言った。

江坂がうつむき、くちびるを嚙んだ。

まだ目が活きているのが救いである。

首を傾げ、見る角度を変えた。

「木村が来たら泣きつく気か」

「…………」

江坂の顔に困惑の色がひろがった。

心中は察した。重圧に押し潰されそうになりながらも、木村の体調を気遣っているのだ。その推察が間違っていようと構わない。

鶴谷は言葉をたした。

「木村もおまえを気遣っている。やつにしてみれば、おまえの心中など推し量るまでもないやろ。木村は、いまのおまえの立場で経験を積み重ねてきた。俺と組んで十数年、結論がでる前に、結果責任などと口にしたことはなかった」

「…………」

江坂が視線をあげた。

五秒か、三十秒は経ったか。江坂の頬筋が動いた。

「やり遂げます」声に力が戻った。「この話、忘れてください」

江坂がすっくと立ちあがる。

二時間後、木村が訪ねてきた。

茶色のステンカラーコートを着て、ボストンバッグを提げていた。

長居する気なのか。よけいなことは言わない。

手術前はふっくらとしていた頬が痩《こ》けている。顔色は悪くない。

目を合わせて頷き、木村をレストルームに案内した。

緑茶を淹れてやり、白餡の和菓子を添えた。さっき、大阪駅構内にあるデパートの地下で買った。鶴谷も長旅のあとは甘いものがほしくなる。

半分に切り、木村が和菓子を食べる。目元が弛んだ。

鶴谷もお茶を飲んだ。食品売場で愛飲の緑茶を見つけ、ついでに購入した。佐賀県出身の菜衣は嬉野《うれしの》産のお茶を好んでいる。

湯呑茶碗を置き、視線をむける。

「術後の経過は順調か」

「ええ。大腸の機能が回復途中なので量は摂れませんが、しっかり食べています」

「何よりや」

「鶴谷さんの顔を見られて、回復が早まりそうです」

「気が気でなかったのか」

「ええ、まあ。現場を離れるのは初めての経験なもので」

「心配いらん。皆、精一杯励んでくれている」

「それを聞いて、安心しました」

木村が視線をおとし、残りの和菓子を口に入れた。

方便のひと言でも安心するのだろう。

鶴谷は煙草を喫いつけ、木村が顔をあげるのを待った。

お茶をふくむように飲んだあと、木村がボストンバッグを開けた。Ａ４サイズの封筒を取りだし、大判の写真を鶴谷の前に置く。

「これは、十月上旬、伊勢志摩で開かれた宴会の集合写真です。警視庁公安部が主催者側の関係者から極秘に入手しました」

鶴谷は背をまるめ、写真を見つめた。

何人か、見知った顔がいる。

「中央の紋付袴の男をご存知ですか」

「ああ」

神俠会の跡目候補筆頭といわれる男だ。九月半ばに出所した。

「左どなりの白髪の老人も」

「民和党重鎮の神山やな」

神山は党幹事長や党三役を歴任し、一時期は総裁候補に名が挙がっていた。

「ええ。彼が陰の主催者です。名目は日本の未来を担う財界人の集い……が、写真を見てもわかるとおり、神俠会幹部の放免を祝う会です」

鶴谷は顔をあげた。

木村が続ける。

「神山は愛知県選出で、若いころから明神一家とつながっていたそうで、そのことがネックとなり、総裁になれなかったともいわれています」

「ニュースでは流れなかったと思うが」

「テレビも新聞も報じていません。旅館は貸し切り、敷地内と周辺は厳重警戒が敷かれていたそうです。宴会のうわさを聞いて駆けつけた記者がいたとしても、写真の一枚も撮ることはできなかったでしょう」

「どうやってこれにたどり着いた」

「鶴谷さんが柳井組の連中に襲われかけたあと、監視対象者全員を、公安部および組織犯罪対策部のデータと照合しました」木村が封筒を指さす。「この中にある宴会に関する捜査資料は公安部が最高機密事案として作成したもので、公安総務課の幹部が便宜を図ってくれました」

頷き、鶴谷は視線をおとした。

木村を大阪へ駆り立てた理由はわかっている。

「神山の左にいるのは関西電鉄の渡辺専務やな」

「そうです。渡辺のうしろは西本興業の現社長です。前列には、衆参の国会議員のほか、トミタ自動車や四菱銀行、山村証券など、一流企業の役員が顔を揃えています。この写真一枚で、永田町は政局に陥ります」

「公安部はこれをどうする気や」

「永久保存……警察組織が何らかの危機に陥れば利用するかもしれませんが」

言って、木村が肩をすぼめた。

警察組織の体質を熟知しているのだ。

鶴谷は煙草で間を空けた。ふかし、灰皿に消す。

「この写真以外に物証はあるか」

「ええ。表立っては使えませんが、関西電鉄の渡辺専務をはじめ、調査対象者の過去の行動はＧＰＳで追跡しました」

木村がボストンバッグをさぐり、タブレットをテーブルに載せた。

「この三か月間で、渡辺専務と西本興業の古谷会長、渡辺専務と副首都推進局の福沢局長など、複数回、関係者が接近していました」

「このこと、江坂に教えたか」

「はい。新幹線の車中で……現地の特定と裏付け調査を指示しました」

「……………」

鶴谷はソファにもたれ、かるく目をつむった。

光明はさした。が、うかれる局面ではない。

この情報は切り札になり得る。が、結末は見えてこない。自分が風上に立ったとも思えない。それどころか、情報の使い道を誤れば命とりにもなる。

木村の情報が夢洲のどの事案とも直結していないのが最大の欠点なのだ。

自分が思い描く絵図とこの写真が合致したときが攻め時となる。

「お役に立ちそうですか」

木村の声音が変わった。

鶴谷の表情に不安を覚えたか。

「おまえらに期待する」

木村がこくりと頷いた。

空唾をのんだようにも見えた。

「これから帰るのか」

「滅相もない」木村が目を見開く。「これからが正念場です」

声が元気になった。

鶴谷は表情を弛めた。木村の性格はわかっているつもりである。

「きょうはこの部屋で寝ろ。具合が悪くなれば看病してやる」

「恐れ入ります」

木村が顔をほころばせ、すぐ真顔に戻した。

「白岩さんのほうは大丈夫なのですか」

「連絡をとっていないのか」

「ええ。連絡しても、いらん心配やと怒鳴られそうで」

「賢明や。で、晩飯はどうする」

「お気遣いなく。そこらで簡単に済ませます」

食欲が戻っていないのだろう。

「中華粥か鯛茶漬けか……せっかく来たんや。そとで食おう」

返事を聞かずに腰をあげた。

忙中閑有りとはいかない。が、すこしでも木村の神経を弛めてやりたい。

★　　★

若頭の和田が前かがみになる。

「どうされました」

「ん」

「先ほどから、しきりに膝をゆすられて」

「貧乏が身体に染みついたようや」

言って、白岩は顔をしかめた。

戯言にも対応できるようになったとはいえ、和田にこの手の軽口は通じない。

案の定、和田が血相を変えた。

「そんなことは早く言ってください。金庫にはカネが眠っています」

「……………」

幾らある。

つい、言いそうになった。

花房から跡目を譲ると告げられたとき、金庫の中を見せられた。ゆうに三億円は入っていた。そのときに金庫の鍵を渡されたが、和田に若頭就任を命じたさいその鍵を渡した。以来、金庫を覗いたことはない。金庫のカネを用立ててもらったことも、いかほどのカネが入っているのか、和田に訊いたこともない。

自分が跡目を継いで以降、目減りしているのは確かだ。

「冗談や」

目で笑い、頷いた。

そうしなければ和田が安心しない。

「ほんとうですね。こんなご時世なので、本気にしました」

「すまん。おまえには苦労をかける」

「何をおっしゃいます」

和田の声がうわずった。腰もういた。

ノックのあとドアが開き、坂本が顔を覗かせた。

「ＫＲＫの生方さんがお見えになりました」

「通せ」

和田にも声をかける。

「おまえは席をはずせ」

「お約束でしたか」

「ああ。遅いさかい、いらいらしていた」

「そうでしたか」

納得の表情をうかべ、和田がソファから離れた。

《関西電鉄の株の値動きが気になる》

電話で、鶴谷が言った。午後七時を過ぎたころだった。

思いもよらぬひと言に気が動転した。

白岩は、常時、十数銘柄の株を所有しているので、株価の動きは注視している。鶴谷の仕事と柳井組の動向が気になり、この数日は自分が所有する株価だけをチェックし、ほかの銘柄の値動きに注意を払わなかった。

関西電鉄の、ここひと月の株価を調べ、KRKの生方を呼びつけたのだった。

鶴谷は生方の名前を口にしなかったが、生方を意識しているのは感じとれた。そうでなければ、いきなり関西電鉄の株価の話をするわけがない。

《木村が重要な情報を運んできた》
「やつが来たんか」
《ああ。桜田門の機密事案なので、直接伝えたいと》
前置きし、伊勢志摩で開かれた放免祝いの話をし始めた。
聞いているあいだ、白岩は胸の内でうなっていた。
《おまえにも見せられないが、物証も揃っている》
胸にひろがる不安が声になる。
「それをどうする気や」
《思案中よ》
「軽率には動くな。ニトロを抱いたようなもんや。その情報で捌きが首尾よくいったとしても、おまえの命の保証はない」
《俺の命などくれてやるが、仲間に迷惑はかけられん》
「…………」
白岩は息を吐いた。
鶴谷の感情は制御され、理性は正常に保たれているようだ。
しかし、だからといって安心はできない。

警視庁の極秘事案がマスメディアや世間の知るところとなれば、国家がゆれる。機密事案を知ったことがばれたら、鶴谷は、神俠会だけではなく、裏社会や闇組織からも標的にされる。司法当局もあらゆる手段を使って口封じにかかるだろう。

《心配するな。ひとりでかかえるのは難儀やさかい、おまえに話した》

「さすが、友……おまえは、わいが護ったる」

《頼む。その前に、株価の件、調べてくれ》

「まかさんかい」

通話を切り、水割りをあおるように飲んだ。

口の中が干からびていた。何度も空唾をのんでいた。

「遅くなりまして、申し訳ありません」

かるい口調で言い、生方が入ってきた。

右手に革のバッグを提げ、左腕にコートを掛けている。うっすらと愛想笑いをうかべて近づき、白岩の正面に腰をおろした。

いつもと様子が違うのはわかった。瞳がゆれている。

白岩はゆっくり首をまわしてから声をかけた。

「わいの頼みを後回しにするほど忙しいんか」

「そういうわけでは……依頼された件は調査しています。が、まだご報告できるような情報を得ていないのです」

生方が訴えかけるようなまなざしで答えた。

先週水曜の午前中、生方の携帯電話を鳴らした。

――万博跡地の再開発の件で関西電鉄と市が接触している。交渉がどこまで進展しているのか、調べろ――

その翌日にも電話をかけた。

――追加や。関西電鉄エンタメ事業部の動きをさぐれ――

どちらも鶴谷の依頼を受けてのことだった。

「土日をはさんでいましたので……申し訳ない」

説明不足と思ったか、生方が言いたした。

坂本がお茶を運んできた。

生方は礼も言わず、湯呑茶碗に手を付けようともしなかった。

ウィスキーのボトルを手にし、グラスに注いだ。口をつけ、生方を睨みつける。

「誰と接触している」

「えっ」

「おまえの情報源よ。市の誰かと接触したか」

「はい。きのうもきょうも……コネはフルに使っています」

「相手の名前は」

「それは……ご勘弁ください。あなたの依頼で情報を集めていることが知れたら面倒に……仕事が立ち行かなくなります」

「わいを怒らせたら、その程度では済まん」

何食わぬ顔で言い、水割りで間を空けてから言葉をたした。

「木曜、わいが電話したあと、どうした」

「…………」

生方が目をぱちくりさせた。口がひらいたが、声にならない。

白岩は畳みかける。

「北浜の鰻屋で誰に会うた」

「…………」

今度は瞳が固まった。生方の顔から血の気が引いてゆく。

――生方の動きもGPSで追跡できるか――

鶴谷に言った、冗談まじりのひと言が役に立った。

そのことは忘れていたのだが、夕方の鶴谷とのやりとりで思いだした。

木曜日の昼、都市交通局の武田と政策企画室の荻野が北浜へ行き、鰻屋に入ったことはわかっている。

同時刻、生方もおなじ店にいた。ＧＰＳで確認した。一時間ほど前に鶴谷から連絡があり、店の従業員の証言を得たと聞いた。生方は常連客である。

「答えんかい」

声をすごませ、目でも威圧する。

「市の幹部職員に会いました。ですが、先方は関西電鉄と市が交渉しているのを知らないのか、口止めされているのか、情報を提供してくれませんでした」

もの言いに乱れはなかった。

身の危険を感じながらも頭はまわっているようだ。

「そのあと、週が替わるまで動かんかった……そういうことか」

「ええ」

「どあほ」

怒声を発した。声より先に手が動き、グラスの液体が飛んだ。

生方の顔が濡れた。滴り、上着に垂れる。

坂本が飛び込んできた。眦がつりあがっている。

「親分、どうされました」

「そこにおれ。返答次第で、こいつを海に運ぶ」

「承知しました」

即答し、坂本がドアのそばに立った。

生方のくちびるがふるえている。

白岩はソファを離れ、テーブルに腰かけた。

息の届くところに生方の顔がある。

「ええか。ここから先は性根を据えて答えい」

生方がちいさく頷いた。

精一杯の動きのようだ。

「鰻屋で誰と話した」

「都市交通局の武田さんと政策企画室の荻野さん」

うつむき、小声で答えた。

「その日の夜は」

「…………」

白岩は、左手で生方の頭髪を摑んだ。

「ひぃ」

生方が悲鳴をあげた。目の玉が飛びだしそうだ。

「北新地のステーキハウスで誰と会うた」

ステーキハウスに行ったこともGPSで確認し、従業員の証言を得ている。

「副首都推進局の……」声がふるえた。「福沢さん」

白岩はおおきく頷いた。

福沢は優信調査事務所の調査員の監視下にある。木曜の夜も福沢を尾行し、ステーキハウスに入ったあと店の近くで見張っていたのだが、江坂の指示を受け、急遽、ミナミの宗右衛門町に急行した。福沢が出てくる前に店から離れたのだった。

「そっちが本命……昼間の武田は、福沢の指示で鰻屋に行った。武田は福沢の腹心……それで間違いないか」

「はい」

「福沢からも情報を得られんかったのか」

「はい」声が元気になる。「いろいろ手は尽くし……」

声が途切れた。

白岩の右の拳が顔面を捉えたのだ。

鼻梁が折れたか。鈍い音のあと、鼻から鮮血が飛び散った。

「情報をもらわずに、くれてやってどうする」

「意味が……わかりません」

聞きとれないほどの声がした。

「まだほざくか」

一喝し、左手に力を込めた。

頭髪がまとめて抜けた。

「福沢がおまえの顧客なのは承知。おまえが運営するファンドに参加しとる」

「それは……認めます。しかし……情報を提供した覚えは……ありません」

生方が必死の形相で言った。

白岩は、目をそらさず口をひらく。

「坂本、こいつの性根は腐っとる」

「沈めますか」

「海が汚れる。麻袋に詰めて、廃材置き場にでも転がせ」

「承知しました」

　坂本が動く前に、生方が声を発した。

「話します……正直に、お話しします」

「何を」

「福沢さんから話を聞きました」生方が咽を鳴らした。「関西電鉄と市の交渉は至極順調に進展していると……合意間近だとも聞きました」

「どうして、わいに報告せんかった」

「それは、その……許してください。千載一遇のチャンスと思い……」

「仕掛けたか」

　関西電鉄の株価は安定しており、この三か月間はプラスマイナス百円未満の値幅で推移していた。ところが、おとといの月曜は終値で百三十七円、きのうの終値は前日比プラス七十四円と上昇した。投資家の利益確保のためか、きのうの午後の相場では午前の上昇分が値を下げたが、二日間での上げ幅は二百円を超えた。

　投資家が動いたのは火を見るよりあきらかだ。

「おまえはファンドの運用資金を注ぎ込んだ。福沢も承知か」

「はい。関西電鉄と市の交渉に関する情報の提供にはためらいがあったようですが、話してしまうと、こちらの提案に乗り気で……出資を増額したほどです」

「………」

　白岩は口元をゆがめた。吐き気がする。水割りで間を空けた。

「欲に目がくらみ、わいを騙したわけやな」

「騙していません」声を強め、生方が顔を近づける。「いち段落したら、福沢さんの情報を報告するつもりでした」

「この期に及んでも……たいしたタマや」

　吐き捨てるように言い、手を放した。

　ソファに戻り、坂本に声をかける。

「こいつを地下室に放り込め」

　二階建て家屋の地下には秘密の地下室がある。先代の花房が親しい建築業者に造らせた。当時は、他組織との抗争に備えて拳銃や日本刀、ダイナマイト等を保管し、拷問部屋としても利用していたという。現在は漬物部屋。米や非常食も大量にある。災害時に近隣住民に配る炊き出し用として保管している。

　坂本が近づき、生方の左腕をとった。

「堪《こら》えてください」

生方が泣きそうな顔で言った。

どんな表情をしても演技に見える。

「仕事が……第一、まだ報告が済んでいません」

「気にするな。地下室で、マイク相手に話せ」

「そんな……」

「うるさい。地下は漬物部屋や。喋らんかったら、おまえも塩漬けにしたる」

坂本が生方を立たせた。

白岩はソファに寝転んだ。

ほんとうに胃のあたりがむかむかしてきた。

★　★

茶野光史の顔は上気しているように見えた。が、盃を交わしたあとのひと言はしんみりとしたものだった。

「ちかごろ、別の世界に迷い込んだような気分になる」

「どんな世界ですか」

「未知の世界よ。来年で齢《よわい》七十……ちらほら老後のことを考えてはいたが、周囲の見慣れた風景でも違って見え、とまどうことがある」

「まだ現役の社長じゃないですか」

「環境は関係ない。上手く言えんが、心の置き場が見つからん」

言って、茶野が盃をあおった。

先日の小料理屋の、おなじ小座敷にいる。

天井にむかって息をつき、茶野が視線を戻した。

「あんたに会えてよかった。男は血や。血を滾らせ、ときに凍えさせ、生きとる。昔と変わらんあんたを見て、その感覚がよみがえってきた」

「いまの言葉、胸に刻んでおきます」

鶴谷は真顔で返した。

茶野の心中はわからない。訊こうとも察しようとも思わない。知らなくても気脈は通じ合える。白岩も然り、菜衣もまた然りである。

仲居が料理を運んできた。

オコゼの薄造り。淡いピンク色の肝と白い胃袋が添えてある。海老芋と車海老、湯葉の炊合せも座卓にならんだ。

この店は一品ずつ運んでくるのだが、茶野が注文をつけたのか。だとすれば、長居をする気がないということだ。

──胃がんの摘出手術を受けて二か月ほどや──

白岩の言葉が気になる。

術後の回復が思わしくないのか。ほかに用があるのか。

声にすることなく、箸を持った。

茶野がオコゼの肝を白身に包んで食した。目元が弛む。手酌酒を飲んだあと、すぐ真顔をつくる。たちまち眼光が増した。

「年明け早々にも、関鉄エンタープライズと西本興業が事業提携する」

鶴谷は目を見張った。

「提携する事業の中身は」

「具体的な内容は洩れてこなかった。業界大手二社が手を結ぶことで、諸外国のエンタメ企業に対抗できる……それが大義名分のようや。まずは夢洲……これまでの経緯からして、予定している共同記者会見ではそれにふれるやろ」

「予定日は」

「一月の十日……環境が整えば六日という線もあるそうな」

「…………」

鶴谷は首をひねった。

関鉄エンタープライズと西本興業の事業提携に当惑しているわけではない。

頭の中には、きのう深夜に電話で話した白岩の言葉がある。

――生方が吐いた。関西電鉄と市の交渉は順調で、合意間近やそうな。副首都推進局の福沢の話というから間違いないやろ――

その情報を元に、生方はファンドの資金を運用し、関西電鉄の株を操作したとも付け加えた。生方の身柄は拘束したという。

――己の欲のために他人を利用し、人を欺いて生きている野郎の性根は直らん。詐欺師とおなじや。何度でもおなじ過ちをくり返す――

白岩の声には侮蔑の気配がまじった。めずらしいことだ。

生方は関鉄エンタープライズと西本興業の事業提携にはふれなかったようだ。知らないのか。

即座に否定した。関西電鉄は、市との交渉を円滑に進めるためにも、西本興業との事業提携をにおわせたはずである。そういう下地もあって、生方は多額のファンド資金を関西電鉄の株操作に投入した。そう読むのが筋である。

だとすれば、関鉄エンタープライズと西本興業の事業提携は関西電鉄主導のもとで行なわれ、いずれは関西電鉄と西本興業の事業提携が実現するだろう。

「どうした」茶野が言う。「信じられんのか」

鶴谷はあわてて首をふった。

茶野の情報を疑ったことなど一度もない。

「自分も、きのう有力な情報を得ました」

「ほう」

「関西電鉄と市の交渉は合意間近だそうです。ご存知でしたか」

「知らなかった。万博跡地の再開発事業の交渉は順調に進捗しているとは聞いていたが……あれほどの事業計画がとんとん拍子に進むとは……」

茶野が声を切り、目をまるくした。

鶴谷は間を空けない。

「二つはセットですね」

茶野がこくりと頷き、おもむろに口をひらく。

「まずは関鉄エンタープライズと西本興業の事業提携を発表し、日本にも外国企業に負けないエンタメグループが誕生したことを世間に認知させる。そのあと、関西電鉄の再開発事業を公表する……そういうことやな」

「ええ。関西電鉄の潤沢な資金と豊富な人材、西本興業の圧倒的な知名度……相互作用による存在感は、同業他社の追随を許さないでしょう」

「公表の場で、市との合意にふれるとも考えられる」

「自分はそうなると思います」

「…………」

茶野があんぐりとした。ややあって、顔を近づける。

「よくまあ、平気な顔で言えるもんや」

「心中、穏やかではありません」

鶴谷は正直に吐露した。

「だよな」

ぼそっと言い、茶野がため息を吐いた。

仲居が来て、フグの唐揚げと白子酒を座卓に置く。

すぐに茶野が手を伸ばした。首を縮めて白子酒を飲み、目を細める。

待ち焦がれた季節がやってきた。顔にそう書いてある。

一時間ほどで小料理屋を出た。

風が強くなっている。師走に入り、夜風はめっきり冷たくなった。

鶴谷はブルゾンのファスナーをあげ、茶野に声をかける。

「寄り道しますか」

「いや。白子酒を堪能できた。いい気分で眠れる。余興はまたにしよう」

「では、タクシー乗り場まで送ります」

「病人扱いせんでくれ。ひとりで歩ける」

笑顔で言い、茶野が背をむけた。

すこし先の『ＡＮＡクラウンプラザホテル』にはタクシー乗り場がある。

茶野の姿が植込みに隠れるまで見送り、反対方向へ歩きだした。

三十メートルほど前方の角地の駐車場にアルファードを駐めてある。小料理屋に入る前、優信調査事務所の照井を細打ちうどんの店『黒門さかえ』に連れて行き、晩飯を済ませておくよう指示した。

足を止め、煙草をくわえた。左手で風を避け、ライターで火を点ける。茶野の体調を意識したわけではないが、小料理屋では煙草を喫わなかった。

ふかし、腕の時計を見る。午後九時を過ぎたところだ。

路上に人はちらほら。師走といえども、北新地のはずれにあるこの通りに本通りや上通りの賑わいはない。

ひろい駐車場に足を踏み入れた。

アルファードは奥の塀際に駐めた。

右側の駐車エリアから二人の男があらわれた。

ベージュのトレンチコートを着た男が接近してくる。背後に背の高い男。四角い顔にショートヘア。茶色のハーフコートを着ている。

鶴谷は、目の端で二人を捉えながら足を速めた。

自分に用があるのなら相手をしてやるが、アルファードには照井がいる。

――ごちそうさまでした。車に戻りました――

食事中にショートメールが届いた。

「鶴谷さんかい」

低い声を発し、トレンチコートの男が立ちふさがった。

もうひとりは視界から消えた。鶴谷の背後にまわったようだ。

鶴谷は男を見据えた。

記憶にない顔である。白岩に柳井組から破門させられたという男の写真を見せられたが、その二人とも違う。四十代半ばか。男前だが、眼光は鋭く、頬には独特の険がある。筋金入りの極道のようだ。

「誰や」

「名乗るほどの者やない」

ものの言いには余裕がある。

「悪いが、コートの前をひろげてくれ」

男がにやりとし、左手でコートの襟を摑んでひろげた。

鶴谷は肩をすぼめた。金色のバッジ。神俠会の直系組長、もしくは、その組長が率いる組織の幹部が付ける代物である。

襟を正し、男が口をひらく。

「つき合え。話がある」

「ことわる」

「そうはいかんのや」

言って、男が体を開き、右手で指さした。

いつの間にか、アルファードのそばに男が立っていた。三十歳前後か。

「助手席にもおる」

「俺が従えば連れを解放するのか」

「その予定や」

男が右手を上にあげる。

右側から黒っぽいミニバンが近づいてきた。

ハーフコートの男が後部座席のドアを開ける。

「乗れ」金バッジの男が言う。「乗ったら解放する」

鶴谷は言うとおりにした。

反対側のドアからハーフコートの男が乗り、鶴谷は二人にはさまれた。

アルファードの助手席から男が出てきた。二人が別の車に乗る。

「行け」

金バッジの男が運転手に命じた。

★　★

信号が赤になった。前方のアルファードが停止する。

「前の車に乗る。ついて来い」

運転席の坂本に声をかけ、白岩はメルセデスを降りた。

アルファードの後部座席で、木村は睨むようにタブレットを見ていた。

白岩は正面に座った。

「鶴谷はどこや」

「車は北港通《ほっこうどおり》を南西へむかっています。現在地は此花区の真ん中あたり……まもなく此花大橋にさしかかると思われます」

木村がタブレットを見ながら答えた。

鶴谷のスマートフォンにGPS端末は付いていない。が、万が一の事態を想定し、木村が鶴谷のベルトに端末を取り付けたという。鶴谷を乗せた車の車種もナンバーも判明している。アルファードを運転していた照井が覚えていた。BMWのミニバンにはGPS端末が装備されていた。

「夢洲か」

ほかは思いうかばない。

「それにしても、のんびりしています。時速は約五十キロ……鶴谷さんを攫ったあとの行動とは思えません」

「わいや」

木村が顔をあげた。

「照井を解放すればどうなるか。連中は計算ずくよ」

「…………」

木村が眉を曇らせる。

「心配いらん。わいが追いつくまで鶴谷は無事ということや」

「しかし……」

白岩はあとの言葉を目で制し、ポケットをさぐった。白のジャージに、赤いカシミヤセーター。ふるえる携帯電話をテーブルに置き、〈スピーカー〉を押した。

「わいや」

《車は二台》長尾が言う。声が硬い。《BMWの前を黒のSUV。乗っているのは二人……おそらく破門された連中や。南署が映像を解析している》

「おまえはどこや」

《みなと通を大阪港へむかっている。仲間も一緒や》

「行先は夢洲と読んだか」

《ああ。はずれたとしても、北港通とみなと通は並行している。逃がしはせん。それより、やつらの車を停めるほうが安全確実やろ》

「あかん。鶴谷を攫うた野郎は、主役の登場を待っとる」

苦笑が洩れ聞こえた。

《あんたのことか》

「そうよ。人質を解放したんがその証や」

《なるほどな。で、敵と向き合ったらどうする》

「臨機応変……いつものことよ。おまえはでしゃばるな」

《おいおい。現役の仲間もおるんやで。高みの見物はできん》

「仲間に礼はする。命の取り合いにならんかぎり、言うことを聞け」

《わかった。が、念のため、仲間に配備はしてもらう》

通話が切れた。

木村が口をひらく。

「探偵の長尾さんですね」

「ああ。やつが心配性とは知らなかった」

木村がぽかんとした。すぐ口をひらく。

「白岩さんが余裕をかまし過ぎなんです」

「あ、そう」

そっけなく返した。

余裕などあるわけがない。極道の勘に頼っているのだ。鶴谷を攫った野郎が犬畜生にも劣れば、鶴谷を殺して、自分を待ち伏せるかも知れない。

「BMWの男も柳井組でしょうか」

「それはない」きっぱりと言う。「組長の清原と幹部の犬山の所在は、長尾の仲間が確認した。ほかの幹部も動かん。SUVの二人を破門した理由がなくなる」

「………」

木村が口をつぐんだ。表情が暗くなる。

頭の中は読めた。神侠会の関与を気にしているのだ。

「くだらん考えは止めておけ。身体に障る」

言って、白岩は視線をふった。

左前方に橋灯が見える。此花大橋か。舞洲に渡れば、その先に夢洲がある。

舞洲に入ったところで、携帯電話がふるえた。

《夢洲の東岸の小屋におる》

ひと言で通話が切れた。鶴谷の声は元気そうだった。

白岩は肩をすぼめ、木村に話しかける。

「どこの誰かは知らんが、待ちくたびれているようや」

「白岩さん」木村が顔を寄せる。「やはりここは、警察に……」

「止めい」どすを利かせてさえぎる。「売られた喧嘩や」

「しかし、相手の数も、武器を所持しているかもわからないのです」

「それがどうした。鶴谷が人質なんや。わいに男を辞めえと言うんか」

「………」

木村が口を結んだ。頰が小刻みにふるえだした。

むだと知りながらも言わずにおれなかったのだろう。

白岩は、運転席の照井に声をかけた。

「地図には載ってないが、東岸のなかほどにプレハブの小屋がある」

「わかりました」

照井が答えた。声が硬い。

助手席の江坂がナビゲーターにふれ、タブレットも操作する。

「木村、煙草はあるか」

「はい。鶴谷さんのですが」

木村が背後に手を伸ばし、煙草とライターをテーブルに置いた。

くわえ、火を点ける。

いま行く。待っとれ。

吐いた紫煙に思いがまじった。


最近まで車両が通行していたのか、低い雑草にまぎれて轍《わだち》が見える。百メートルほど先の小屋にはうっすらと灯がともっていた。

更地に出た。三十メートル四方ほどか。

小屋の前に黒っぽいSUV。ボンネットのそばに三人。中央は鶴谷か。右側の男が鶴谷に身体を寄せていた。右手に光るものを見た。

更地の右端にはBMWのミニバンが停まっている。周囲に人影はない。小屋の灯が届いておらず、人が乗っているのかも判別できない。

左側に三台のバイクが停まっているのを視認し、照井に声をかけた。

「停めろ」木村にも話しかける。「ここから動くな」

言い置き、白岩は車を降りた。

一歩踏みだしたところで靴音がした。

四人の男が立ちふさがる。皆がブロックヘアに革ジャン。暴走族か、半グレか。どっちにしても半端者だ。両端の男らは丸太を担ぎ、ひとりがナイフを提げている。

白岩は首をまわした。拍子抜けだ。

「おりゃ」

奇声を発し、左端の男が突進してきた。丸太をふりかざす。

寸前で体をかわし、左脚で脇腹を蹴りあげる。右の拳はこめかみを捉えた。男が目を剝いて倒れる。右から風を切る音。白岩は右脚を伸ばした。鳩尾に命中。うめき、男が地面に這《は》いつくばる。腰を踏みつけ、前に出た。

「われ、舐めくさって」

ナイフを持つ男が腰をおとした。

間合いをとる気にもならない。かまわず進み、左脚を軸に身体をひねる。靴の踵が男の首を直撃する。鈍い音がした。男が膝から崩れ落ちる。

残ったひとりが革ジャンを脱ぎ捨てた。

「止めとけ。風邪ひくぜ」

「うるせえ」

咆哮《ほうこう》し、男が距離を詰める。ボクサーの経験があるのか。様になっている。右のジャブをくりだし、ノーモーションで左の拳を伸ばしてきた。

白岩は右の手のひらで受けた。つぎの瞬間、身体を右に倒す。左脚が垂直に伸び、男の顎を捉えた。体勢を戻し、正拳突き。男が後方に吹っ飛んだ。

「お見事」

右手から声がした。

ミニバンの前にトレンチコートを着た男が立っていた。ゆっくり近づいてくる。

「ご足労を願って、すまなかった」

「雑魚に歓迎されるとは気に食わんのう」

「あっちにおる連中が勝手にやったこと……家には一発であんたの心臓を撃ち抜ける者がごろごろおる」

「さいですか。で、家の名は」

「俺は松島や」

「ほう」

白岩はにやりとした。

ようやく骨のありそうな男の登場である。

松島は組名を言わなかった。それだけでも極道としての器量がわかる。

名前は記憶にある。明神一家若頭補佐の松島だろう。松島は神戸支部長でもある。支部とはいえ百人を超える大所帯で、神俠会本家の親衛隊ともいわれている。

白岩は表情を締め、松島の双眸を見据えた。

「わいに、何の用や」

「これ以上、面倒をおこさんでくれ」

「そんなことを言うために、幹部のあんたが出張ってきたんか」

「筋を通した。柳井組の清原の叔父貴に泣きつかれて……無下にはできん。それに、あんたの立場もある」

「わいと柳井組の悶着や。鶴谷は関係ないやろ」

「トラブルの元は捌き屋の鶴谷……あんたは鶴谷に加担していると聞いた」

「そうかい」

ぞんざいに返した。

松島は、柳井組の連中が鶴谷を狙ったことを知らないのだろう。が、それを話す気はない。極道に堅気の論法は通じない。

「わいが顔を見せたんや。鶴谷を放せ」

「返答が先や」

「この先も、喧嘩を売られたら買う。それしか言えん」

「………」

松島の目が鋭くなる。

ひさしぶりに見る極道の目つきだった。

息を止め、睨み返す。

「ええやろ」松島が息をつく。「けど、筋の通らんことはせんでくれ。こうして俺が前に立った。明神一家の者として背中は見せられん」

「覚えておく」

白岩は頬を弛めた。

松島がにやりとし、踵《きびす》を返した。

「会議はおわったのか」

小屋のほうから鶴谷の声がした。

「ああ。あとは好きにせえ」

言いおえる前に、鶴谷の身体が動いた。

左肘が男の顎を捉える。のけぞる男の脇腹に右の拳を叩き込む。息つく間もなく身体をひねり、左側の男の顔面に頭突きを見舞う。グシャッと音がした。

二人の男が同時に倒れる。

鶴谷が近づいてきた。

「遅い。待ちくたびれた」

「よう辛抱した。わいが来る前に暴れていたら、やつも退けんかった」

「だろうな」

あっさり返し、鶴谷が視線を移した。

BMWのミニバンが動きだした。

「何者や」

「売出し中の極道よ」

鶴谷が目で笑う。

「気に入ったのか」

「くだらん」

足音がした。木村が駆け寄ってくる。

「鶴谷さん、ご無事で……」

声がかすれた。息が続かないのか。

「心配をかけた」鶴谷が木村の肩を抱いた。「帰ろう」

白岩は空を見上げた。

笑っているのか、ふるえているのか。無数の星がゆれている。

★　　★

更地の後始末を探偵の長尾と南署の連中に託し、夢洲を離れた。

夢洲は此花警察署の管轄だが、柳井組を破門された二人の行動観察という名分で筋は通る。長尾はそう言った。

木村がコーヒーを淹れた。

「白岩さんと話していた男が鶴谷さんを攫ったのですか」

「そうや」

「何者ですか」

「知らん」

そっけなく返し、鶴谷はコーヒーを飲んだ。冷えた身体がよろこぶ。

夢洲に運ばれるあいだ、鶴谷は口をつぐんでいた。トレンチコートの男も無言で腕を組み、窓に顔をむけていた。殺気立つような気配は感じられなかったことで、先の展開の予想も意味がないように思えた。ただ、男が白岩を意識しているのは確信できた。そうでなければ、照井を解放するわけがない。

男の名前も素性も知らない。木村が駆け寄ってきたあと、白岩と話す機会がなかった。鶴谷は木村をアルファードに連れて行き、白岩は長尾と話していた。

白岩を乗せたメルセデスはアルファードのうしろを走っている。

木村の表情が沈んでいる。

仲間はずれにされたような気分なのか。

鶴谷は、煙草を喫いつけてから話しかけた。

「あの男は白岩と話をしたくて俺を攫った……そうとしか考えられん」

「白岩さんもおなじことを……だから、なおさら心配なのです」

「おまえが気を揉んでも仕方ない。白岩に用があったのなら、極道の世界の話や。俺の仕事とは関係ない」

「いいのですか、そんなふうに割り切って」

木村が不満そうな顔を見せた。

その表情が神経にふれたが、言葉は選んだ。

「すくなくとも、おまえや優信調査事務所は関係ない」

声が強くなった。

「わかりました。仕事に専念します」

渋々の声音にも、諦めのそれにも聞こえた。


JR大阪駅の前で車を降り、横断歩道を渡った。右手にヒルトンプラザイーストが聳えている。赤いカーペットを敷いた階段をのぼり、二階の扉を開ける。

バカラ直営の『B bar Umeda』は静かに営業していた。カウンターの中ほどに中年のカップル、テーブル席に三人と四人の二組。男も女も、酒と会話をたのしんでいるように見える。雅にきらめくシャンデリアが客を歓待していた。

カウンター席の奥に座り、スコッチのオンザロックを注文する。

煙草をくわえたところへ、白岩が入ってきた。

ウィスキーの水割りを頼み、白岩が顔をむける。

「迷惑をかけたのう」

「こっちが言う台詞や」笑って返した。「売出し中の男は何者や」

「明神会の幹部や。神戸支部をまかされとる」

「何を話した」

「柳井組の清原に泣きつかれたと……これ以上の面倒はおこすなと釘を刺された」

「それだけか」

「ああ」

バーテンダーがグラスと小皿を運んできた。

白岩がチョコレートをつまみ、目を細めてから水割りを飲んだ。

鶴谷はオールドファッションのタンブラーをゆらした。球形の氷が琥珀《こはく》色の液体を浴びて輝く。氷に刻まれた〈BACCARAT〉の文字があざやかになる。それを見つめながら首をひねった。

白岩が話しかける。

「どうした」

「名古屋の弁護士が角野に渡したアタッシェケースの中身が気になる」

「カネやとして、名目は山田会長の病気見舞い……明神一家が柳井組に加担し、わいと揉めたとしても、黙認せえと……いまどきの極道のやることは決まっとる」

「どう返答した」

「どうもこうもない。相手の出方次第……それだけのことよ」

「それで、相手は納得したのか」

「どうやろ」

白岩が気のない声で言った。

何を訊いてもむだなようだ。

ロックグラスを傾け、煙草をふかした。

白岩が口をひらく。

「おまえは正念場や。わいらのことは気にするな」

「そうさせてもらう」

「生方の証言、使えそうか」

「もちろん。じつは、松島に攫われる直前まで、茶野さんと会っていた。年明け早々にも、関鉄エンタープライズと西本興業が事業提携するそうな」

「なんと」白岩が目をまるくした。「そんなに早くか」

頷き、鶴谷は、茶野とのやりとりを詳細に話した。

白岩が水割りをあおるように飲み、グラスをコースターに戻した。

「合意間近と年明けの記者会見……関西電鉄と市の交渉との進行にずれはあるが、生方の証言のウラはとれたわけか」

「茶野さんの話も情報に過ぎん。が、疑ってはいない」

「それを使って、どう攻める」

鶴谷はふかした煙草をクリスタルの灰皿に消した。

「頼みがある」

「おう」

「生方に電話をかけさせ、福沢を呼びだしてくれ」

「お安い御用や」

「福沢から話が聞けたら、一気にケリをつける」

「ん」白岩が眉根を寄せた。「株の話は西本興業と関係ないぞ」

「かまわん」

「どういうことや」

「関西電鉄と市の合意がいつマスコミに洩れるか知れたものやない。これ以上、仲間を危険にさらすわけにはいかん」

「…………」

白岩が首をかしげた。ややあって、目が輝く。

「読めた。関西電鉄を的にかけるんやな」

鶴谷は目で頷いた。

「俺のやり方ではないが、背に腹は替えられん。伸るか反るか……一発勝負よ」

「悪くない発想や。勝てるかも知れん。が、ひとつ約束せえ」

「何を」

「例の写真は使うな。勝負の結末がどうあれ、命とりになる」

「約束できん」

鶴谷はきっぱりと答えた。

利用できるものは何でも利用する。後悔はしたくない。白岩の不安が的中したとしてもおなじこと、そうなったときに最善の手を尽くす。

「あほな男や」

白岩がため息まじりに言った。

二の句はでなかった。

「心配ばかりかけて、すまん」

鶴谷は、声に感謝を込めた。


白い縦襟シャツの咽元のボタンを留め、濃紺のスーツを着る。グレーのシルクコートを左手に持ち、レストルームに入った。

木村がコーヒーを淹れる。

口をつけ、煙草を喫いつけてから話しかけた。

「体調はどうや」

「まあまあです」

言って、木村が湯呑茶碗を手にした。

むりをさせたか。コーヒー好きの木村がお茶を飲んでいる。

きのうはホテルから出なかった。

昼過ぎ、副首都推進局の福沢が『グランヴィア大阪』の十九階にあるラウンジにあらわれた。ＫＲＫの生方に呼びだされたのだ。生方はおらず、鶴谷が声をかけると不快そうな顔を見せた。が、生方の証言のさわりを話すと表情が強張り、おとなしく鶴谷の客室に同行したのだった。

はじめは口が重かった福沢も観念したのか、証言を始めた。その内容は生方のそれと合致するものだった。生方は証券マンのころから関鉄エンタープライズの植田と親交があった。当時の植田は関西電鉄の統括事業本部に在籍しており、渡辺専務の直属の部下だった。植田は、ＫＲＫ創設時から生方が主宰するファンドに参加しており、仕事でつき合いのある福沢に参加を勧めていた。

その証言を受け、福沢に電話をかけさせた。相手は関西電鉄の渡辺専務である。

――副首都推進局の福沢です。突然ですが、御社との交渉のやりとりが外部に洩れました。そのことで、大京電鉄の代理人、鶴谷というお方が専務に面談を望まれておられます――

福沢は、鶴谷が書いた文章を棒読みした。

――鶴谷……無視すればどうなる――

――面倒になるかと……――

鶴谷は手で制し、口をひらいた。スマートフォンはハンズフリーにしてある。

――鶴谷と申します。面倒にするか、しないか、あなたの決断次第です――

――どんな情報を持っている――

――御社の株価の値動き、ご存知ですか――

――……………――

――詳細はお会いしてから……ご返答ください――

――いいだろう。あすの午前十一時、本社を訪ねて来なさい。ただし、面会時間は三十分。それで結論がでなければ、対抗手段を講じる――

渡辺の強気なもの言いは気にならなかった。

夜になって、鶴谷は木村を動かした。

木村は部下二人を連れて花房組の事務所に行き、軟禁中の生方を同行させてＫＲＫのオフィスへむかった。

生方と福沢の証言の裏付けとなるデータを回収するためである。

オフィスでは思わぬデータも入手した。

生方は、自分の行動を日時までふくめてパソコンに書き込んでいた。几帳面な性格なのか、のちにおこりうる面倒を想定していたのか。いずれにしても、生方と福沢、生方と植田、あるときは三人が接触していた事実があきらかになった。

日付が変わるころ戻ってきた木村と部下は、ＫＲＫのオフィスで回収したデータと照合しながら、ＩＣレコーダーに録音した生方と福沢の証言を文書におこす作業を始めた。おわったのは午前三時過ぎである。

コーヒーを飲み干し、煙草を消した。

「でかける」

「同行します」

「いらん。盗聴もしなくていい」

「…………」

木村が眉尻をさげた。

「東京に帰る支度をして、待っていろ」

言い置き、鶴谷は立ちあがった。


アルファードが路肩に停まった。

「ここで待て。三十分で戻る」

照井に声をかけ、そとに出た。

正面に関西電鉄ホールディングスの本社ビルがある。二階から七階までの全フロアを関西電鉄が使っている。

階段をあがり、一階エントランスに入った。受付カウンターへむかう。

「鶴谷です。関西電鉄の渡辺専務にお取り次ぎ願います」

「承知しました」

三十年輩の女が答え、固定電話の受話器を手にとる。

短いやりとりのあと、七階の応接室に案内された。

二十平米ほどか。六人が座れる黒革のソファがあるだけのシンプルな部屋だ。

コートをソファの背にかけ、手提げ鞄をソファに置く。

お茶を運んできた女と入れ違いに男があらわれた。

小柄で、顔もちいさい。ダークグレーのスーツに、ブルーとグレーのレジメンタルタイ。スーツの仕立てがいいのはひと目でわかる。

そばに寄った。

「鶴谷です」

肩書きのないほうの名刺を差しだした。

名刺交換のあと、ソファに座るよう勧められた。

渡辺が正面に座し、鶴谷の名刺をテーブルの端に置いた。

「大京電鉄の代理人だと言われましたね」

電話とは異なり、丁寧なもの言いだった。

「ええ。大京電鉄の依頼で、西本興業と交渉しております」

「…………」

渡辺が小首をかしげた。

大京電鉄と西本興業の係争を知っているのか、否か。

表情からは判別がつかなかった。

「それが電話での件と関係があるのですか」

「それも、あなたの判断次第です」

あっさり返し、手提げ鞄から封筒を取りだした。

「KRKという会社をご存知ですか」

「社名は……市場調査を行なっている会社ですね」

「ええ」クリップした紙をテーブルに置く。「これは、KRKの社長、生方氏の証言を文字におこしたものです。ちなみに、生方氏はファンドを運営しています」別の紙をならべる。「こちらは、副首都推進局の福沢氏の証言」最後の紙も手にした。「これは、生方氏が主宰するファンドに関する資料です」

渡辺は手にせず眺めたあと、視線を合わせた。

「とてもこれを読む時間はありません。口頭でご説明ください」

「わかりました」ひとつ息をつく。「簡潔に話します。生方氏と福沢氏は旧知の仲で、福沢氏は生方氏のファンドに参加している。その福沢氏が、御社と市の、万博跡地の再開発事業にまつわる交渉の内容を生方氏に洩らした。先週のことです。生方氏は顧客に声をかけ、関西電鉄の株を操作した」

また渡辺が首をかしげた。ややあって、口をひらく。

「それが我が社とどういう関係があるのですか」

「もうひとり、情報漏洩に関与した人物がいます。その人物から話を聞き、生方氏はファンドの多額の資金を動かした」

「……………」

渡辺が眉をひそめた。

思いあたることがあるのか。にわかに表情が険しくなる。

鶴谷は畳みかける。

「あなたの腹心……関鉄エンタープライズの社長、植田氏です。植田氏は、関西電鉄統括事業本部に在籍していたころから生方氏と親交があった。植田氏が株をやっているのをご存知ですか」

「うわさには聞いていた」

「植田氏は、KRK設立時から生方氏のファンドに参加していた。福沢氏を仲間に誘ったのも植田氏です」

「……………」

「もうおわかりですね。植田氏は、自社と関西電鉄本社の機密情報を生方氏に提供したばかりか、生方氏のファンドで大儲けを企んだ」

「インサイダー取引……証拠はあるのか」

口調が変わった。顔に赤みが差す。

「KRKの内部データを見れば一目瞭然です」

渡辺がソファにもたれた。

鶴谷は無言で渡辺の顔を見つめた。あとは、渡辺の決断を待つしかない。

渡辺が姿勢を戻した。

「あなたの要求は何だ。カネか」

「西本興業が大京電鉄に通告した合意破棄を撤回させていただきたい」

「そんなことができると思うのか」

「もちろん。西本興業の知名度は高い。国民の誰もが知っている。が、企業としての評価は低い。御社との事業提携は西本興業にとって何よりも魅力的です」

「事業提携……そちらの情報も握っているわけか」

「そうでなければ、この場にいません」

「拒否すれば、どうする」

「この資料を大阪地検とマスメディア各社に届ける」

「ほかに要求はないのだね」

「はい。合意破棄を撤回すれば、この事実は忘れる。今後、夢洲がどうなろうと、御社が何をしようと、いっさい関与しない」

「二言はないか」

「ない」

きっぱりと言った。

「いいだろう。あなたの要求をのむ」

渡辺の言葉は力強く、瞳は一ミリもぶれなかった。

西本興業を説得する自信があるということだ。

鶴谷は胸で安堵した。

最後の切札は使わずに済んだ。

封筒には伊勢志摩で撮られた集合写真が入っている。


翌日の午後、本町にある大京電鉄本社を訪ねた。

前回とおなじ応接室には石崎と辻端が待ち構えていた。

正午前に石崎から連絡があった。

――西本興業の野添常務が訪ねてこられました。無条件で、合意の破棄を撤回するとのことでした。その上で、弊社との共同プロジェクトを再開させたいとの申し入れがありました――

――勝手な要望やな――

――おっしゃるとおりです。しかしながら、弊社が渇望していたことです――

石崎の声には熱がこもっていた。

鶴谷は、大京電鉄を訪ねる時刻を決めて通話を切ったのだった。

顔を合わせるなり、二人が満面に笑みをひろげた。

「ありがとうございます」

大声を発し、石崎が深々と頭をさげた。

鶴谷は無言でソファに座り、デイパックをかたわらに置いた。

石崎が正面に座る。

辻端が石崎のとなりに浅く腰かけ、紙袋をテーブルに載せた。

「お約束の一億円……ご指示どおり、現金で用意しました」石崎が言い、足元の紙袋をテーブルに置く。「こちらは気持です。同額の現金が入っています」

「そのカネは、あんたが東梅田にある花房組の事務所に届けてくれ」

「はあ」

石崎が頓狂な声を発した。

「花房組の白岩組長は今回の功労者……いやとは言わせん」

「承りました。このあと、わたしがお届けします」

鶴谷は頷いた。

「これで俺との縁は切れる。花房組との縁は墓場まで持って行け」

「……………」

石崎が目をぱちくりさせる。

「表沙汰になれば、どちらも都合が悪いやろ」

「恐れ入りました」

石崎が相好を崩した。

鶴谷はひややかな目で見ていた。

打てる手はすべて打つ。が、すべてが思惑どおりになるとはかぎらない。

人の心を縛るのは、太陽を動かすよりもむずかしい。

この作品は書き下ろしです。

捌《さば》き屋《や》 伸《の》るか反《そ》るか

浜田文人《はまだふみひと》

令和2年4月10日　初版発行

発行人――石原正康
編集人――高部真人
発行所――株式会社幻冬舎
〒151-0051東京都渋谷区千駄ヶ谷4-9-7
電話　03(5411)6222(営業)
03(5411)6211(編集)
振替00120-8-767643

印刷・製本―図書印刷株式会社
装丁者――高橋雅之

幻冬舎文庫

ISBN978-4-344-42971-0　C0193　は-18-16

幻冬舎ホームページアドレス　https://www.gentosha.co.jp/
この本に関するご意見・ご感想をメールでお寄せいただく場合は、
comment@gentosha.co.jpまで。